光文社文庫

文庫書下ろし／長編時代小説

覚悟の紅《べに》

御広敷用人 大奥記録(十二)

上田秀人

光　文　社

この作品は光文社文庫のために書下ろされました。

目次

御広敷略図

↑大奥

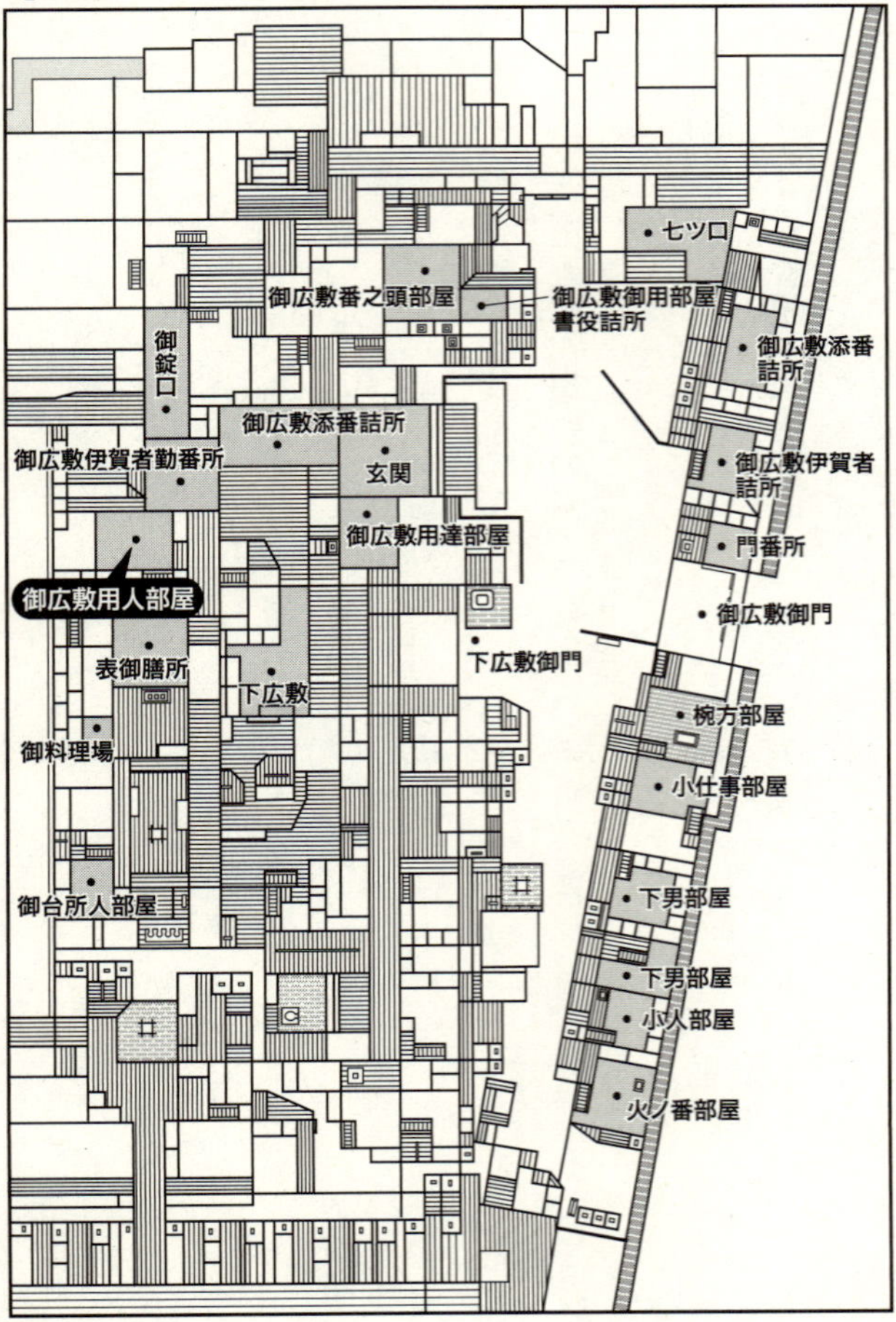
七ツ口
御広敷番之頭部屋
御広敷御用部屋
書役詰所
御広敷添番
詰所
御錠口
御広敷添番詰所
玄関
御広敷伊賀者勤番所
御広敷伊賀者
詰所
御広敷用達部屋
門番所
御広敷用人部屋
御広敷御門
表御膳所
下広敷御門
下広敷
椀方部屋
御料理場
小仕事部屋
下男部屋
御台所人部屋
下男部屋
小人部屋
火ノ番部屋

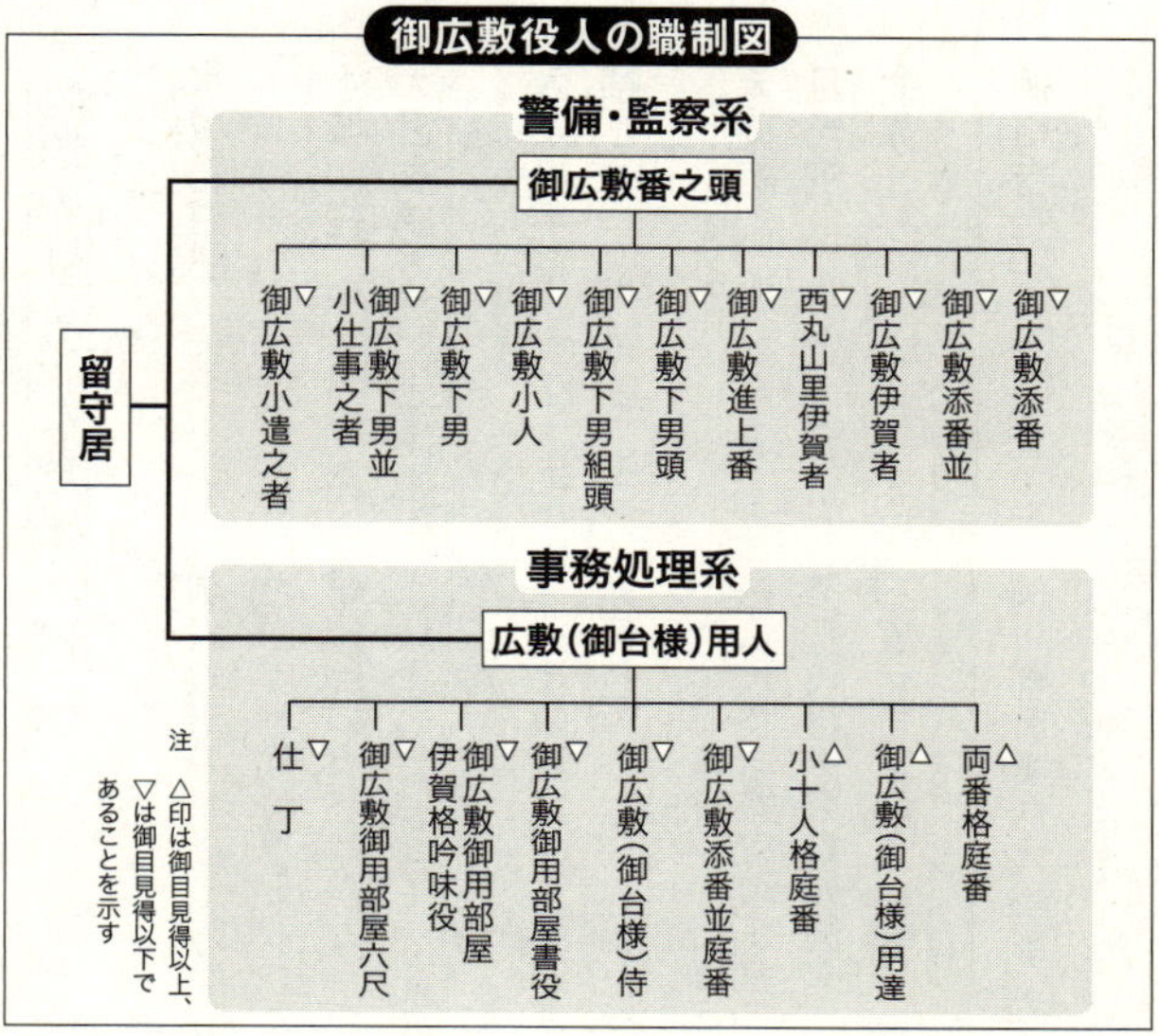
御広敷役人の職制図
留守居
警備・監察系
御広敷番之頭
御広敷添番▽
御広敷添番並▽
御広敷伊賀者▽
西丸山里伊賀者▽
御広敷進上番▽
御広敷下男頭▽
御広敷下男組頭▽
御広敷小人▽
御広敷下男▽
御広敷下男並
小仕事之者▽
御広敷小遣之者▽
事務処理系
広敷（御台様）用人
両番格庭番△
御広敷（御台様）用達△
小十人格庭番△
御広敷添番並庭番▽
御広敷（御台様）侍▽
御広敷御用部屋書役▽
御広敷御用部屋
伊賀格吟味役▽
御広敷御用部屋六尺▽
仕丁▽
注　△印は御目見得以上、▽は御目見得以下であることを示す

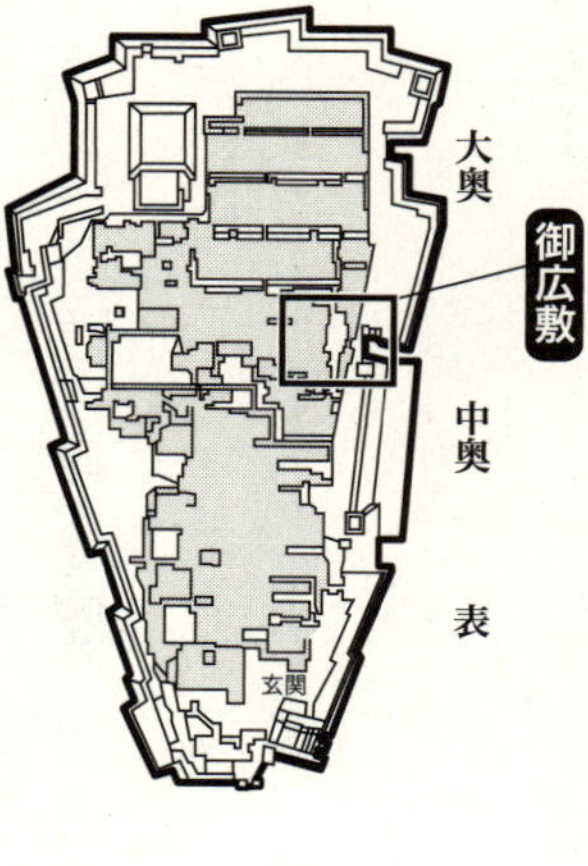
大奥
御広敷
中奥
表
玄関

覚悟の紅　主な登場人物

水城聡四郎《みずきそうしろう》……御広敷用人。勘定吟味役を辞した後、寄合席に組み込まれていたが、八代将軍となった吉宗の命を直々に受け、御広敷用人に。

水城《みずき》　紅《あかね》……聡四郎の妻。

大宮玄馬《おおみやげんば》……水城家の筆頭家士。元は一放流の入江無手斎道場で聡四郎の弟子だった。

入江無手斎《いりえむてさい》……一放流の達人で、聡四郎の剣術の師匠。

袖《そで》……元伊賀の郷忍。いまは聡四郎、紅の頼みで大奥へ女中として入っており、竹姫の元にいる。

天英院《てんえいいん》……第六代将軍家宣の正室。

月光院《げっこういん》……第六代将軍家宣の側室で、第七代将軍家継の生母。

竹姫《たけひめ》……第五代将軍綱吉の養女として大奥で暮らしてきたが、吉宗の想い人に。

徳川吉宗《とくがわよしむね》……徳川幕府第八代将軍。聡四郎が紅を妻に迎えるに際して、紅を吉宗の養女としたことから、聡四郎にとっても義理の父に。

御広敷用人　大奥記録（十二）

覚悟の紅《べに》

第一章　権威崩壊

一

五菜《ごさい》は大奥《おおおく》の雑用をこなす男衆である。

大奥から出ることのできない女中に代わって買いものをしたり、手紙を届けたり、女では動かせない簞笥《たんす》や長持の移動などをおこなった。

腰から焼き印の押された鑑札をぶらさげ、七《なな》つ口《ぐち》付近で待機している。給金は世間の小者《こもの》とさほど変わらないが、余得が多いため人気であった。

「太郎《たろう》でございます。ふたたび五菜としてお世話になることとなりましてござれば、よしなにお願いをいたしまする」

五菜の控え室に入った太郎が一礼した。

「おめえ、いつ舞い戻った」

「駆け落ちしたんじゃねえのか」

五菜たちが目を剝《む》いた。

太郎はもと館林《たてばやし》藩松平《まつだいら》右近《うこん》将監《しょうげん》清武《きよたけ》家の厩番《うまやばん》であった。膂力《りょりょく》はありながら身分が低く切り捨てても惜しくないとして、江戸家老山城帯刀《やまきたてわき》から選ばれ、天英院《てんえいいん》の手足となるべく五菜となった。

その後、八代将軍吉宗《よしむね》の継室候補竹姫《たけひめ》を失脚させるための道具として使われたが、結果を出せず捕らえられてしまった。

「出自が知られてはまずい」

太郎との関係を調べられないようにと焦った山城帯刀によって、妻子は殺され、藩籍も削られた。

その恨みを晴らすべく太郎は吉宗に降伏し、権力を奪われて大奥での幽閉生活を命じられた天英院の見張りを引き受け、もう一度五菜となった。

「鎮《しず》まれ、一同のもの」

太郎の後ろに立っていた御広敷《おひろしき》用人水城聡四郎《みずきそうしろう》が制した。

「これはご用人さま……」

五菜たちがあわてて手をついた。

御広敷用人は、大奥のすべてを管轄した。大奥の女中たちが個人として雇い入れている形の五菜も、御広敷用人の支配下になる。

「出入りを許さず」

大奥女中たちの使用人に近い五菜を首にする権は、御広敷用人にはないが、大奥への出入りは止められる。

出入りが認められなくなれば、買いものはできず、使者にもなれない。五菜にとって、雇い主よりも御広敷用人のほうが恐ろしかった。

「この太郎は、上様のお雇いである」

「ひえっ」

「それは……」

聡四郎の言葉に、一同が絶句した。

「で、では、竹姫さま付きの」

五菜の一人が問うた。

吉宗が五代将軍綱吉《つなよし》の養女になっている清閑寺《せいかんじ》権大納言《ごんのだいなごん》の娘竹姫を気に入っていることは、五菜でも知っていた。

「いいや。太郎は天英院さま付きになる」

「えっ」

尋ねた五菜が唖然とした。

吉宗と天英院の仲が悪いことも衆知であった。

六代将軍家宣《いえのぶ》の正室であった天英院は夫の死後、七代将軍家継《いえつぐ》の生母月光院《げっこういん》と権力を争いながら、大奥に君臨し続けてきた。

前将軍の御台所《みだいどころ》対、現将軍の生母の争いは、勢いが拮抗《きっこう》していたため、決着が付かなかった。大奥の主《あるじ》は御台所というのが決まりであり、前将軍の御台所も現将軍の生母もそれたりえなかったのだ。

「将軍の御台所が大奥の主というのは定めぞ。家継さまが御台所を迎えられるまでは、前将軍の御台所たる妾《わらわ》が主であるのは当然の理」

「夫たる将軍が死した段階で、妻たる御台所は大奥を出て仏門に入り、亡夫の菩提《ぼだい》を弔うのが女としての務め。それを未練たらしく大奥に残るなど、とても女の城の主とは言えまい」

天英院が権力の維持を唱えたのに対し、月光院は女としての覚悟ができていないと非難する。が、どちらの言いぶんも決定力とはなりえなかった。

大奥が天英院と月光院の二つに割れて争っている最中に、七代将軍家継が妻を迎えることなく、八歳で死んだ。

御台所も側室もいない将軍に正嫡はない。

「どなたを八代さまとして迎えるか」

幕府は大いに揺れた。

「神君家康《いえやす》公のお定めになられた、将軍家に跡継ぎなきとき、人を返せとの役目を持つ御三家から選ぶべきである」

「いや、六代将軍家宣さまの弟で、七代将軍家継さまの叔父にあたる松平右近将監さまこそふさわしい」

幕閣も割れた。

「妾は夫家宣公の弟である松平右近将監を推す」

「紀州徳川《とくがわ》の当主権中納言《ごんのちゅうなごん》さまは名君だと聞く。天下を安寧に保つには、紀州徳川権中納言吉宗どのこそ、八代将軍たるべし」

天英院が松平右近将監を、月光院が吉宗をと大奥も二つになって争った。

結果、吉宗が八代将軍となり、天英院は冷遇された。それが、太郎の悲劇を生んだ。

「上様よりの厳命である。天英院さま並びにお付きの上臈《じょうろう》姉小路《あねこうじ》の指図は、今後一切引き受けることを許さず。すべては太郎に一任する」

「それは……」

「…………」

五菜たちが驚いた。

小者並みの給金で女にこき使われる五菜のなり手が多い理由の一つに、その余得の多さがあった。

「これを……」

買いものに行かせるにしても、手紙を実家に届けさすにしても、心付けは要る。もちろん、五菜として給金を大奥女中から受け取っているので、すべては無料で引き受けられる。

ただ、心付けがあるのとないのとでは、扱いが違った。

「このようなしなびた野菜を」

買いものでは、商人の言うとおりにしかせず、

「いつになったら実家へ届けてくれるのじゃ」

使者は後回しにされる。

とはいえ、大奥女中の心付けていどでは、さほどのものにはならない。

「大奥へ品物を納めたいと思っておりましてな」

「何々の方さまお好みとの噂をお願いいたしたく」

大奥出入りという名前を欲しがる商家からの賄《まいない》がかなりの金額になった。

なにせ、大奥女中の買いものは、なにを買うかは指定されても、どこで購入するかは五菜次第なのだ。

そして、五菜が商品を買えば、その店は大奥御用達と言える。

「月光院さまご使用の白粉《おしろい》はこれでございますよ」

本人はどこの品物かさえ知らないが、商人の主張はまちがいではない。強弁でしかないが、これに庶民は釣られる。

「これはお礼でございまする」

商人から受け取る賄賂が五菜の大きな収入源であった。

「従わぬ者、違《たが》えた者は、その場で五菜の鑑札を取りあげる。そのうえ、取りあげた鑑札は破棄いたす」

「破棄とはとんでもないことでございまする」

聡四郎の宣言に、五菜たちが絶句した。

鑑札を持っている者が五菜なのだ。何十年五菜として大奥に出入りしていても、鑑札を失えば城中への立ち入りはできなくなる。

「五十両でどうだ」

歳を取りそろそろ隠居したいと思うようになった五菜は、その鑑札を売って引き金にするのが慣例であった。

その鑑札の枚数は決まっている。破棄されれば、五菜の定員が一人減った。

「そもそも五菜は、大奥女中の私《わたくし》の使用人である。それを御上《おかみ》が認めているだけじゃ。気に入らぬとあらば、五菜を禁じるだけ」

「…………」

抗議の声をあげようとした五菜たちに、聡四郎は厳しく告げた。

鑑札が無効になれば、明日からいきなり食えなくなる。五菜たちが黙った。

「よいな。では、任せたぞ、太郎」

聡四郎は五菜の控え室から出た。

「このまま黙ってはおられまいな」

七つ口の奥を覗くように見て、聡四郎は天英院の反撃を危惧した。

竹姫の局《つぼね》は、吉宗の気遣いもあって、益々大きくなっていった。

「いずれ、館を与える」

局は中臈《ちゅうろう》以上の大奥女中でとくに役目を果たした者、あるいは将軍の手が付いた者などに与えられる、言わば家のようなものであった。

対して館は、御台所あるいはお腹《はら》さまと呼ばれる子供を産んだ側室などに供される屋敷のようなものである。その規模、豪華さで大きな差があった。

「いえ、これで十分でございまする」

竹姫は館を欲しがらなかった。

「大きくなれば、女中も増えましょう。とても扱いかねまする」

竹姫は首を小さく左右に振り、吉宗の厚意を受けなかった。

竹姫は、もともと京の公家清閑寺権大納言熙定《ひろさだ》の娘であった。それが江戸の大奥へ下向した叔母大典侍《おおすけ》の局の養女として迎えられた。

「愛《う》い娘よな」

三歳で江戸へ出された竹姫を五代将軍綱吉も気に入り、己の養女とした。

血は繋がっていなくとも、将軍の娘ともなるとその価値はあがる。

「竹を嫁にせい」

「喜んでお受けいたしまする」

綱吉の指示で、竹姫は徳川の一門会津《あいづ》松平家の嫡男久千代《ひさちよ》と婚約をした。しかし、久千代が早世して、話は流れた。

「慣れた京へ帰してやりとうございまする」

幼くして許嫁《いいなずけ》を失った竹姫を大典侍の局が哀れみ、それを綱吉が認めた。

「将軍の娘じゃ。なまなかな相手に渡せぬ」

綱吉は有栖《ありす》川宮正仁《がわのみやただひと》親王を竹姫と娶《めあわ》せるとした。

宮家と将軍の養女の婚姻は、大きな意味を持つ。宮家は徳川で言う御三家に当たる。つまり、天皇家に跡継ぎがなければ宮家から出るのだ。

「武家の血など、高貴な天皇家に入れられるものか」

公家には、武家を下に見るきらいがある。いや、忌避すると言っていい。事実、徳川家康の孫で、二代将軍の娘和子《かずこ》と後水尾《ごみずのお》天皇の間に二人の皇子が生まれたが、どちらも夭折《ようせつ》してしまっている。

なれど、今回は違う。竹姫は清閑寺権大納言の娘である。天皇の正室たる中宮《ちゅうぐう》になるには身分が足りないかも知れないが、後宮《こうきゅう》に入るには問題がない。すなわち、竹姫の子供ならば、朝廷でも問題にされなかった。

とはいえ、肩書きは将軍養女である。もし、有栖川宮と竹姫の間に生まれた男子が、天皇となったとき、綱吉は天皇の外祖父になる。その意味は大きい。

朝廷と幕府の間に、新しい関係が生まれるかも知れない。そのことを考えたのか、綱吉は年頃の似合う公家ではなく、十一歳離れた有栖川宮正仁親王との婚姻を手配させた。

しかし、綱吉の野望は果たされなかった。

有栖川宮正仁親王との婚姻を手配するようにと幕閣、京都所司代《きょうとしょしだい》に命じた五代将軍綱吉が、婚約の勅許《ちょっきょ》を得る前に病死してしまった。それでも将軍の遺志は守護される。

「これだけは続けるように」

死の床で嫌々世継ぎとした甲府《こうふ》徳川綱豊《つなとよ》、後の六代将軍家宣に何度も何度も言い聞かせた生類憐《しょうるいあわ》れみの令は、あっさりと廃されたが、竹姫の婚姻はそのまま進められた。

京から来た姫を帰すだけだと考えたのか、放漫であった綱吉の治政の立て直しに忙しく、竹姫のことなどどうでもよかったのか、家宣はなにもしなかった。

こうして竹姫は有栖川宮正仁親王のもとへ嫁ぐことになった。

だが、この婚姻も叶わなかった。納采《のうさい》の儀まですませ、あとは竹姫の輿《こし》入れだけとなったとき、有栖川宮正仁親王が病を発し、あっけなく死んでしまった。

「しばし、ご放念くださいませ」

続けて二人も婚約した相手を失っては、落胆もする。

幼い竹姫は引きこもった。

それを誰も気にしなかった。気にしている余裕がなかった。

有栖川宮正仁親王が亡くなる前、竹姫の婚約がなった二年後の正徳《しょうとく》二（一七一二）年、六代将軍家宣が急死した。

綱吉によって乱れた天下、疲弊した幕府の財政をどうにかすべく奮闘した家宣は、その後始末に疲れ果て、己の治政をおこなうまえにこの世を去った。

家宣の後を継いだのは、実子家継であった。が、家継はやっと四歳でしかなかった。幼君はもとより、家継を支える新井《あらい》白石《はくせき》や間部《まなべ》越前守《えちぜんのかみ》詮房《あきふさ》ら幕閣も、竹姫のことにかかわっている場合ではなかった。

その竹姫が、ふたたび天下の表舞台に出た。いや、引きずり出された。

「上様には……」

徳川家の当主となった吉宗を大奥は迎え入れなければならない。吉宗が大奥へ初めて足を踏み入れた日、目通りできる格式以上の女中は全員そろって挨拶をした。その場に竹姫もいた。五代将軍綱吉の養女として、天英院、月光院に次ぐ高い場所で挨拶をした竹姫を、吉宗が見そめた。

その一カ月後、有栖川宮親王が病死。そこで吉宗が動いた。

「竹を継室にしたい」

すでに吉宗の正室だった伏見宮貞致《ふしみのみやさだゆき》親王の娘真宮理子《さなのみやまさこ》女王は亡くなっている。吉宗と竹姫の婚姻を邪魔するものはなかった。

それを天英院は認めなかった。

「大奥の主は、五摂家の長、近衛《このえ》家の出である妾《わらわ》じゃ。たかが清閑寺の娘ごときが、妾に取って代わろうなど認められぬ」

天英院は、竹姫を吉宗の継室にするまいと暗躍した。

「竹姫付きを命じる。守れ」

それをあらためて竹姫付き御広敷用人に任じられた聡四郎が防いだ。

「もう許さぬ」

竹姫を男に襲わせて汚そうとするという、女がしてはいけない一手を使った天英院に吉宗が切れた。

「館を取りあげる」

生き証人の太郎を連れて、聡四郎を供に大奥に乗りこんだ吉宗は、天英院からすべてを奪い去った。

「黙って引くようなお方ではない」

聡四郎は天英院を甘く見ていなかった。

「金はあるはずだ」

天英院は長く大奥に君臨した。その権力は大奥の人事を左右するだけでなく、幕府の役人にも及んでいる。

「是非に、お名前をお貸しいただきたく」

天英院御用、天英院好みという看板を欲しがる商人からの付け届けだけでなく、

「なにとぞ、次の長崎《ながさき》奉行にわたくしをとお口添え願いたく」

「旧領へ国替えさせていただけますよう、上様にお話を」

出世を望む役人、先祖の地への復帰を願う大名などからの賄賂もある。

その分、衣服や食事に贅沢をするので、さほどの貯蓄はないだろうが、それでも人を動かすくらいならばどうにかなる。

「五菜には釘を刺したが……」

聡四郎は難しい顔をした。

御広敷用人は大奥の所用一切を司《つかさど》る。女中の出入り、物品の購入なども差配できるが、数百人いる大奥女中のすべてを数人の御広敷用人で管理できるはずもない。かならず、見落としが出る。

大奥女中のなかには、天英院の指示に従う者が姉小路以外にもいると聡四郎は見抜いていた。

「竹姫さまのお身は、女番衆《めばんしゅう》が守る」

大奥の秘事を守るのが役目の女番衆は、竹姫の配下となった。武芸の腕はさほどではないが、その覚悟は女とは思えぬほど強い。聡四郎は命の遣《や》り取りを重ねて来たことで、技よりも覚悟が大事だと悟っていた。

「問題はそれ以外の女中どもだ。表使《おもてづかい》、取次《とりつぎ》、使番《つかいばん》などの大奥役目をしている女中の多くは天英院の引きで出世している」

聡四郎は難しい顔をした。

「なにより、大奥で男が力を振るった。これをよく思ってはおらぬ者は多いだろう」

将軍とはいえ、男子禁制の大奥へ家臣を連れて入ったのだ。男なぞ使用人ていどにしか考えていない中臈以上の高級女中たちは、不満を感じているはずであった。

「馬鹿をしでかさぬか」

表だって吉宗に逆らうことはしないだろうが、裏で天英院を手助けするくらいのことはしかねないと危惧していた。

「かといって大奥の出入りを禁じるわけにもいかぬ」

吉宗は大奥で寝泊まりしない。大奥における将軍居間である小座敷《こざしき》へもまず入らないし、飲食も摂らない。吉宗は竹姫の局を訪ねるだけで、まず毒を盛られる心配はない。また、竹姫への手出しは、どれほど将軍の怒りを買うか、天英院の状況を見せつけられてわかっている。となれば、大奥女中が天英院の手助けをするとしたら、外への連絡を代行するくらいであった。

「藤川義右衛門《ふじかわぎえもん》か、山城帯刀か、どちらに」

今の吉宗に逆らえる者は、そうそういなかった。尾張《おわり》藩附家老《つけがろう》の成瀬《なるせ》も、吉宗の果断さに震えている。

「ご支配さま」

悩んでいる聡四郎に、御広敷伊賀者山崎伊織《やまざきいおり》が声をかけた。

「我らをお使いあれ」

山崎伊織が申し出た。

「ふうむ」

聡四郎が思案した。

御広敷伊賀者は、大奥の警固を任としている。もっともそれは表であり、そのじつは隠密《おんみつ》であった。将軍あるいは老中の命を受けて、天下のすみずみまで飛び、いろいろなことを探る。明るみに出せないことも多いため、その費用も勘定方《かんじようかた》の監査を受けず、遣い放題に近かった。この探索の金をごまかして、伊賀者は三十俵三人扶持《ぶち》という薄禄を補ってきた。その探索方を吉宗は伊賀者から取りあげ、紀州から連れて来た腹心の御庭之者《おにわのもの》に預けた。

「おのれ……」

収入源を奪われた伊賀者が反発し、吉宗の腹心として大奥へ赴任した聡四郎を敵として襲った。そのときの組頭《くみがしら》が藤川義右衛門であった。その後、藤川義右衛門は放逐《ほうちく》され、再編された御広敷伊賀者は吉宗の命によって聡四郎の配下となっていた。

「動ける者は何名おる」

聡四郎は問うた。

「非番の者すべて。二十一名がすぐにでも」

山崎伊織が答えた。

「本日、何人の大奥女中が、外へ出ているか知っておるか」

「あいにく」

さらに訊かれた山崎伊織が首を左右に振った。

「目見《めみ》え以上はわかるだろうが、末《すえ》の女中がどこの局に属しておるかはどうだ」

「七つ口の出入り時に、名前と局を名乗る決まりでございますれば」

確認した聡四郎に、山崎伊織が告げた。

「天英院の力で中臈以上に登った者の名前はわかるな」

「もちろんでございまする」

山崎伊織が首肯《しゅこう》した。

「そこに属している女中が、外出するときにどこへ行くかを突き止めよ」

「わかりましてございまする」

聡四郎の指示に、山崎伊織がうなずいた。

二

天英院の没落は、勢力が拮抗《きっこう》していた月光院の喜びであった。

「お方さま、中臈の水月《みなつき》が、今後お方さまのご指導を仰ぎたいと申して参りましてございまする」

「そうか、そうか」

お付きの上臈松島《まつしま》の報告に、月光院が頬を緩めた。

「これで何人になったかの」

月光院が訊いた。

「早水《はやみ》、泉野《いずみの》、萌木《もえき》、そして水月と四名でございまする」

「四名か、まだ少ないの」

緩めていた表情を月光院が引き締めた。

「さすがに昨日の今日でございまする。いかに忠義の薄い天英院付きの者とはいえ、一日で掌を返すのは……。ですが、時間の問題でございましょう」

松島が月光院を宥《なだ》めた。

「ふん」

月光院が不満げに鼻を鳴らした。

「いつまでも天英院に従うなど、気に入らぬ」

怒りで月光院が声を荒らげた。

「明日じゃ。明日までに妾のもとへ頭《こうべ》を垂れに来ぬ者は、以後、吾が庇護を受けられぬと広めよ」

月光院が日限《ひぎり》をした。

「明日まででございますか。いささか、厳しいのではございませぬか」

もう少し猶予を与えてはいかがかと松島が提案した。

「今まで、天英院の尻馬に乗って、妾に敵対してきたのだ。一日でも十分じゃ」

月光院が拒んだ。

「わかりましてございまする」

主の意向に助言はできても、否定は許されない。松島が承諾した。

「見物《みもの》よな。果たして何人、天英院と一緒に滅ぶのを選ぶか」

月光院が小さく口の端《は》を吊り上げた。

「竹姫さまのもとへ参る者も出ましょう」

今回の吉宗の行動で、竹姫は御台所と決定したに近い。大奥の主は、当代の将軍の正室と決まっている。竹姫が吉宗の継室になったとき、長く主不在であった大奥に新たな城主が誕生する。今まで城主代行を自負していた月光院も、前将軍の生母という名誉だけになる。

「竹が正室になるまで、まだまだときがかかろう。初婚ではないのだ、継室ぞ。それが月のものもまだの幼女では、外聞が悪い」

名門公家、武家には、生まれた途端に許嫁が決まるということはままあった。また、それぞれの都合で五歳や三歳で嫁ぐときもある。これは婚姻が家と家のものという観念に立っているからこそ成りたつ。当然な話である。五歳や三歳の妻なんぞ、ままごとでしかない。子をなすどころか、同衾《どうきん》さえ難しい。

しかし、継室は違った。すでに正室を迎えることで、家と家との義理はすんでいる。もちろん、継室で家と家との結びつきを考えるときもある。戦国時代の浅井長政《あざいながまさ》がそうだ。最初、被官として仕えていた六角《ろっかく》氏の家老の娘を正室にしていたが、織田信長《おだのぶなが》が誼《よしみ》を通じてくると、それを離縁して信長の妹お市《いち》の方を継室として迎えている。生き残りをかけていた乱世では、男女の間に感情は入り得ない。好きだの嫌いだので、相手を選んでいては、家が滅びかねないのだ。

ただし命の危険がなくなった泰平になると話は別になる。継室にかんしては、あまり家と家の繋がりのためとかを考えずにすんだ。

純粋に気に入った女を継室にできる。あまりに身分差がある場合は成りたたないが、そもそも将軍が庶民や、御家人《ごけにん》ていどの娘と会うことなどない。当たり前ながら、将軍と会っても不思議ではない身分の女としか、知り合えない。そこまで来ているならば、後はさしたる問題にはならなかった。身分が足りぬならば、養女に出せばすむ。聡四郎と似かよった六百石《こく》内外の娘ならば、一度二千石か三千石の旗本《はたもと》の養女とし、そこからもう一度大名家へ押しこめばいい。養子縁組など書類上の話ですみ、一日、二日でことは終わる。

それでも踏みこえてはならない一線があった。年齢である。とくに女のほうが極端に幼い場合は、外聞が悪くなる。

「今度の将軍は、月のものさえ来ていない幼き女を好まれるそうだ」

性癖をあげつらわれるだけではなかった。

「子を産めぬ女を継室になさるなど……」

将軍にとってなによりの仕事とされているのが、世継ぎを作ることである。そのために大奥はあり、側室をいくらでも抱えられるようになっている。

幼女はその条件に合わない。

まだ子供を産めぬ幼女に手出しをしている暇があれば、成人した女を抱け。そう、家臣たちから非難される。

成人した嫡男がいる、あるいは何人かの息子がいるというならば、この非難は無視できる。が、吉宗の息子はまだ添い寝が要る幼子でしかない。しかも長男の長福丸は、毒を呑まされてしまい、命は取り留めたが、言葉が発せられなくなるという後遺障害を持ってしまった。

「竹姫を愛《め》でるよりも、子供を作ってくださるように」

四代将軍家綱《いえつな》以降、将軍の実子相続は六代将軍家宣から七代将軍家継への一回しかない。しかも、あまりに家継が若すぎ、天下を一つにまとめあげる力などない、幕府執政たちが考えていたのはたしかであった。

幕政改革を考えている吉宗にとって、老中たちの反発は避けたい。そこを月光院は指摘した。

「仰せのとおりではございますが、竹姫さまもすでに十三歳をこえておられまする。明日、初の潮を見られても不思議ではございませぬ」

松島が述べた。

「むっ」

指摘された月光院が苦い顔をした。

「まあよい。竹姫などまだまだ子供よ。簡単にあしらえよう」

月光院が機嫌を取り直した。

「天英院さえいなくなれば、大奥で妾の前を遮《さえぎ》る者はない」

「はい」

松島も月光院の気分を壊さないよう同意した。

「それにな。知ってのとおり、竹姫はあのとおり貧相な身体じゃ。とても大柄な上様のご欲望を受け止められるはずもない」

「…………」

返答しにくい話題に、松島が沈黙した。

「最初のうちはもの珍しさから、竹姫のもとへ通い詰められようが、丸みのない身体にいずれ物足りなくなられよう。どころか、飽きられるであろうな。それが男というものの性《さが》じゃ」

月光院が下卑《げび》た笑いを浮かべた。

「そこで上様のお好みに合う女を差し出せば、寵愛は簡単に移ろうほどにな」

「上様のお好みでございまするか。それをどうやって……」

語った月光院に、松島が尋ねた。

吉宗は大奥で女を召しだしていない。どのような女が好みなのか、知りようもなかった。

「いろいろと用意せよ。背の高い女、小柄な女、乳の張った女、尻の豊かな女、瓜《うり》実《ざね》顔、丸顔など、ありとあらゆる女を揃えて、上様の御前に並べればいい。そのなかでどの女にもっとも長く興味を示されたかを見れば、好みは絞れよう」

「なるほど。さすがはお方さまでございまする。そのように手配をいたしましょう」

松島が手を打った。

「女は任せる。松島、ちと出かけるぞ」

月光院が腰をあげた。

「どちらに」

予定など入っていない。松島が首をかしげた。

「天英院のもとへよ。どのような顔をしておるのか、見てくれようではないか」

にやりと月光院が笑った。

「……それは面白うございまする」

一瞬の間をおいて、松島も追従《ついしょう》した。

「手の空いている者は、皆付いてくるがよい」

月光院が先頭を切って、館を出た。

天英院と月光院の館は、仲の悪い二人を不用意に出会わさないようにとの配慮から長局《ながつぼね》を挟んで反対側にあった。

「これは月光院さま」

天英院の館前で一人の女中が遮った。

「どきやれ」

月光院が手を横に振った。

「畏れ入りまするが、上様のご命で誰も通してはならぬと」

女中が首を左右に振って拒んだ。

「妾もか」

「例外は認めぬとのご諚《じょう》でございまする」

もう一度女中が拒んだ。

「ここはよいのだな」

「はい」

館の前までは立ち入っていいのだなと確認した月光院に女中が首肯した。

「よかろう」

一度月光院がうなずいた。

「どれ……天英院どのよ、どのようなご気分ぞえ」

月光院が大声を出した。

「………」

立ち入りは禁じられても、声を出すことは阻害できない。立ち塞がった女中は黙って見ていた。

「上様のご気色《けしき》を読みまちがえるとは、ちとお頭《つむり》が足りぬのではないかの」

さらに月光院が嘲弄《ちょうろう》した。

「そうだと思わぬか、皆の者」

月光院が配下の女中たちに賛同を促した。

「まことに」

「さようでございまする」

配下の女中たちが応じた。

「おほほほほ。皆、笑《わろ》うてやれや」

「……あははは」

「きゃは、きゃは」

甲高い声をあげて、配下の女中たちが月光院に迎合した。

「姉小路……」

館の奥で笑い声を聞いた天英院が、顔を真っ赤にした。

「あまりでございまする。わたくしが咎《とが》めて参りましょう」

姉小路が立ちあがった。

「襖を開けよ」

「お方さまの出入りはご遠慮いただきまする」

命じた姉小路に館の出入り口を見張っている女中が、条件を述べた。

「妾だけじゃ」

「ならば、どうぞ」

見張りの女中が姉小路だけならばと認めた。

「……月光院さま」

「おう、天英院どのの尻尾ではないか」

険しい表情で呼びかけた姉小路を月光院が嘲弄《ちょうろう》した。

「し、尻尾とは、いかに月光院さまといえども……」

「どうすると申すのだ。上様のお咎めを受けた罪人が」

月光院が姉小路を罵《ののし》った。

「…………」

姉小路は反論できなかった。

「ところで天英院どのは息災《そくさい》かの」

「……お元気であられまする」

せめてもの矜持《きょうじ》である。姉小路は堂々と月光院のからかいに対峙した。

「さすがじゃの。妾ならば上様のお怒りを受けたとあれば、この身を自ら裁いてお詫びいたすものを、堪《こた》えてさえおらぬとはな。京のお方は違うわ。のう、松島」

月光院が笑いながら松島へと投げた。

「はい。女とはいえ、徳川に仕える者なれば、上様のお咎めを受けて命長らえるなど、恥でございまする」

松島も同調した。

「きさま……」

姉小路がわなわなと震えた。

「どの口でそれを言うか。吉宗が将軍となって大奥へ手を入れたとき、そなたと妾は、紀州の山猿を追いおとしてくれると手を組んだであろうが」

「そのようなことがあったかの」

月光院が松島を見た。

「あったとあれば、妾は見過ごせぬぞ。上様に敵対する者を吾《わ》が館に置くわけには参らぬゆえな」

天英院への果断な処罰が、月光院をも抑えていた。

「お方さま……」

松島が見捨てられる恐怖に、息を呑んだ。

「なに、そこな咎人の戯言《たわごと》だと、妾は信じておるぞ。聞けば罪人というのは、なんとかして己の罪を軽くするため、仲間だけでなく、かかわりのない者まで売るという」

月光院が松島から姉小路へと目を移した。

「さ、さようでございまする。この松島、お方さまの忠臣として、上様に逆らい奉《たてまつ》るなどいたしませぬ」

松島があわててうなずいた。

「きさま、今になって日和《ひよ》るつもりか。妾と話をしたではないか、力を合わせて吉宗を辱《はずかし》めようとな」

姉小路がさらに言い募った。

「黙りやれ。罪人の分際で上臈たるこの松島を誣告《ぶこく》するなど論外ぞ」

松島が大声を出した。

「ふん。興《きょう》が削《そ》がれた。帰るぞ」

月光院が踵《きびす》を返した。

「はっ」

「松島」

後を追おうとした松島を、月光院が止めた。

「そやつによく言い聞かせておけ。妾の配下が、上様に恥を掻かせようとしていたなどと噂されても迷惑じゃ。妾は、最初から上様をお支え申しあげると決めていた。その妾の功績に傷が付くようなまねは許さぬ」

氷のような声で月光院が命じた。

「はっ、はい」

松島が震えあがった。

「そこな女」

背を向けたままで月光院が姉小路に語りかけた。

「天英院どのに伝えよ。衣食に窮したときはいつでも申し出て来よとな。妾の着古し、食べ残しを恵んでくれようほどに」

月光院が侮蔑を口にした。

「なっ、なんという無礼を……」

姉小路が顔色を変えた。

「お方さまを、物乞い同然に扱う気か」

「どちらが無礼じゃ。妾は先代将軍生母ぞ。義理ながら上様の祖母になる。妾にそのような口の利きかたをするなど……」

「うっ」

言われた姉小路が詰まった。

「そなたたちは負けたのだ。敗者にはなにも与えられぬ、ただ奪われるだけ。それを身に染みるがよいわ。帰るぞえ」

振り返りもせず、言い捨てて月光院が歩き出した。

「………」

歯がみしながら姉小路が見送った。

「姉小路……」

松島がいつまでも月光院の背中を睨《にら》んでいる姉小路に声をかけた。

「……きさま……許さぬ。吾が主人への雑言《ぞうごん》の報いを受けろ。そこの女中」

ずっと立って一部始終を見ていた館付きとして新たに配置された女中に、姉小路が呼びかけた。

「吉宗に伝えよ。月光院も吉宗を排除しようとしていたとな」

「止《や》めよ」

姉小路が命じ、松島が制した。

「なんの証《あかし》もないことぞ。冤罪《えんざい》である」

松島が女中に否定した。

「………」

無言で女中は肯定も否定もしなかった。

「こちらへ来い」

松島が姉小路の袖を引いて、少し離れたところへと連れ出した。

「そなたは、そこで待て」

付いてこようとした女中を松島が止めた。

「上臈としての指示じゃ」

大奥で上臈といえば、年寄《としより》の次に上位である。女中ならば他の局の所属であろうが、その指図に従わなければならなかった。

「……」

女中が足を止めた。

「よい」

うなずいた松島が、姉小路に顔を向けた。

「無茶をしてくれるな」

「一人、助かろうなどと甘いわ」

小声で文句を言う松島を姉小路が鼻先で笑った。

「足りぬものを言ってくれれば、なんとかするゆえ……な」

松島が交換条件を出した。

「ふむう」

姉小路が思案した。

「妾を罪に落としたところで、そちらにはなんの得もなかろう。実《じつ》を取れ、実を」

「たしかに、お方さまにご不自由をおかけするわけにはいかぬ」

「であろう。旬の食材や甘味などを差し入れようではないか」

揺らいだ姉小路に松島が具体的な話をした。

「それだけでは不足じゃな」

姉小路が松島の目を見た。

「な、なにが不足だと……金か。金ならば少しは融通できる」

松島が姉小路の瞳に籠もる力に怯《おび》えた。

「金ももらおう。それとは別に力を貸せ」

「力を……なにをさせる気だ。まさか、上様のお命を……」

松島が血の気を失った。

「それができればなによりだが、吉宗ごときにすりよる月光院の配下に期待はせぬ」

「……………」

姉小路が松島を馬鹿にした。

ある意味事実だけに、松島はなにも言えなかった。

「……では、なにをすればいい」

「手紙を届けてくれればいい」

問うた松島に姉小路が言った。

「手紙……どこへじゃ」

「館林家の上屋敷、江戸家老山城帯刀まで」

「まさか……」

館林家の名前を聞いた松島が目を大きくした。

「中身を知りたいのならば、教えてやるぞ」

「要らぬ、要らぬ」

にやりと笑った姉小路に、松島が大きく首を横に振った。

「断る」

松島が拒んだ。

「拒める身だと思っておるのか。よいのだぞ、今すぐ、上様にじつはとお話し申しあげても」

吉宗と呼び捨てにしていたのを姉小路がわざと言い換えた。

「……それは」

吉宗の怒りはすさまじい。月光院の腹心であろうとも、敵だとわかれば容赦はない。なにより、月光院がかばってはくれないと今わかったのだ。

松島が躊躇《ちゅうちょ》した。

「どうだ。この一回で、すべて忘れてやろうではないか。の、松島よ」

姉小路が譲歩した。

「……まことか」

疑わしそうな表情で、松島が確認した。

「姉小路の名前に誓う。今後は二度とかかわらぬ」

真面目な顔つきで、姉小路が宣した。

「……むうう」

松島が悩んだ。

「一度、たった一度だけ五菜に手紙を預けるだけでいいのだ。なにもそなたに直接持っていってくれと申しておるわけではない」

「…………」

「それに、なにかあったら五菜に責任を押しつけてしまえばいい。五菜は小者じゃ。大奥上臈は、大名、いや諸大夫《しょだいぶ》の老中や若年寄に匹敵する格ぞ。それと小者、どちらの話が信用されると思う」

踏み切れない松島を、姉小路が説得した。

「本当に、この一度じゃな」

「くどいぞ、松島」

念を押した松島に、姉小路が機嫌を損ねた。

「……わかった。一度だけじゃ。この一度で、もうなんの手助けもせぬ。食事の援助も金もやらぬ」

「結構だ」

釘を刺すように言った松島に、姉小路がうなずいた。

「手紙はいつ」

「ここにある」

懐から姉小路が厳重に封をした手紙を差し出した。

「……わかった」

松島が手紙を素早く受け取って、懐へと押しこんだ。

「これで終わりじゃ」

「ああ、長くそなたとは競い合ってきたが、もうこれで会うこともないだろう」

つきあいを絶つと言った松島に、姉小路が首肯した。

「ではの」

すっと松島が離れた。

「気を付けよ、吉宗は怖いぞ。今は、月光院さまに気を使っているが……」

「…………」

背中にかけられた言葉に、松島は反応しなかった。

三

姉小路が館に入るのを確かめて、女中が天井を見あげた。

「誰ぞ、おるか」

「……これに」

天井から返答があった。

「ご用人さまに、姉小路と松島が言い争っていたと伝えてくれ」

女中が頼んだ。

「承知」

天井裏から気配が消えた。

大奥の警衛を担う御広敷伊賀者は、その周囲を警戒するだけでなく、屋根裏、床下などにも配置されていた。

そのうちの一人が、山崎伊織のもとへ駆けこんできた。

「……でござる」

「月光院さま付きの松島さまか」

天井裏に潜んでいた御広敷伊賀者から報告を受けた山崎伊織が苦い顔をした。

「わかった。ご苦労だが、引き続き頼む」

「おう」

山崎伊織の労《ねぎら》いを受けた御広敷伊賀者が、ふたたび天井裏へと消えた。

「ご支配さまにお報せせねば」

御広敷伊賀者詰め所から山崎伊織が聡四郎を探しに出た。

普段、御広敷用人は大奥から呼び出されでもしないかぎり、御広敷にある用人部屋で待機している。

「水城さまは」

「なんだ、伊賀者か」

御広敷用人部屋に顔を出した山崎伊織に、残っていた御広敷用人小出半太夫《こいではんだゆう》がうるさそうな顔をした。

「水城ならおらぬぞ」

吉宗が紀州家から八代将軍になるとき、小出半太夫も供をして旗本となった。いわば、小出半太夫は御広敷用人の初代であり、最先達《さいせんだつ》であった。

「どちらに行かれたかは」

「知らぬ。なぜ、御広敷用人筆頭の儂《わし》が、水城ごときの居場所を把握しておらねばならぬのだ」

問うた山崎伊織に、小出半太夫が吐き捨てた。

「お邪魔をいたしました」

話にならないと山崎伊織は一礼して背を向けた。

「待て、伊賀者。水城になんの用じゃ」

小出半太夫が山崎伊織を引き留めて訊いた。

「少しお伺いいたしたいことがございましたので」

「なにをだ」

さらなる詳細を小出半太夫が求めた。

「それはお役目のことなれば」

「話せぬと言うか。きさま、儂が御広敷用人の筆頭だとわかっておらぬな。水城はまだ新任じゃ、そのしていることが正しいかどうかを、先達が見張らねばならぬ」

小出半太夫が理屈をこねた。

「申しわけございませぬが、他言できませぬ」

山崎伊織が首を左右に振った。

「話せと命じておる。儂にさからって御広敷伊賀者ごときが、無事でいられるとでも思っているのか。いつでも御広敷伊賀者を潰せるのだぞ」

脅しを小出半太夫がかけた。

「……竹姫さまの警固についての打ち合わせでございまする」

山崎伊織が仕方なさそうに告げた。

「竹姫さまの警固をどうすると」

「増員の手配をお許しいただきたく」

「……増員だと。どこから人員を回すのだ。御広敷伊賀者が増やされるとは聞いておらぬぞ」

小出半太夫が首をかしげた。

御広敷伊賀者は、四つに分かれた伊賀組で最大の規模を誇る。明屋敷《あけやしき》伊賀者、小普請《こぶしん》伊賀者、山里郭《やまざとくるわ》伊賀者の三つを合わせても半分もいかない。もし、他の組から人員を引っ張ってくるとしたら、まちがいなく人手不足を起こし、まともに機能しなくなった。

「御広敷伊賀者の数は変わりませぬ。ただ、今まで回していたところが不要になったので、その余裕をどのようにするかをご相談いたそうかと」

山崎伊織が告げた。

「空いただと……」

怪訝《けげん》な顔を小出半太夫がした。

「はい。天英院さまの館を警固していた者が、役目を外れましたので」

淡々と山崎伊織が述べた。

「なんだと、天英院さまの警固がなくなっただと……」

「はい」

驚く小出半太夫に、山崎伊織がうなずいた。

「天英院さまが上様より厳しく咎められたことは知っていたが……しかし、警固がないのはまずかろう」

小出半太夫が気にした。

「警固はなくなっておりませぬ。天英院さまに新しく付いた女中の何人かは、伊賀者筋でございますれば」

「女 忍《おんなしのび》を付けたのか」

それが監視だと誰にでもわかる。小出半太夫が顔をこわばらせた。

「上様のお指図でございますれば」

「むうう」

吉宗の名前を出されれば、それ以上は言えない。小出半太夫が唸《うな》った。

「そこまで上様は、天英院さまを厳しく咎められたか……これは近づかぬが吉だな」

小出半太夫が小声で呟《つぶや》いた。

「では、ごめんを」

もう用はないなと山崎伊織が御広敷用人部屋を出た。

「ああしておけば、これ以上詮索はすまい」

山崎伊織が強硬に小出半太夫を突き放さなかったのは、わざと違う話をすることで、そちらに思考を誘導するためであった。

「しかし、どこへ行かれたのやら」

山崎伊織が、聡四郎の行方に頭を悩ませた。

聡四郎は西の丸大奥差配を吉宗から命じられている。その関係で、一日一度は西の丸へ出向き、状況の確認をおこなわなければならなかった。

「どうじゃ」

聡四郎は西の丸大奥を実質差配している御広敷番頭《ばんがしら》の代理、筆頭添番《そえばん》、工藤《くどう》右近《こん》に問うた。

「お世継ぎさまは落ち着かれているとのことでございまする」

工藤右近が答えた。

吉宗の嫡男長福丸は、天英院の意を受けた西の丸大奥中臈菖蒲《あやめ》に毒を盛られ、一時危篤となった。それを見過ごしたうえに、なんの手も打てなかった西の丸大奥総責任者であった御広敷番頭は吉宗の怒りを買って罷免《ひめん》され、その代理を筆頭添番の工藤右近がおこなっていた。

「それはなによりだ」

聡四郎は安堵した。

いかに将軍といえども、まだ婚姻を約してさえいない竹姫へどれだけ嫌がらせをされようと、表だって義理の祖母にあたる天英院を咎めだてるわけにはいかなかった。しかし、それが将軍世継ぎの命を狙ったとなれば、話は別であった。

義理ながら祖母と子供では、儒教において祖母が格上になる。だが、将軍世継ぎにかんしては別であった。

というのも、四代将軍家綱に嫡子がなかったとき以来、徳川幕府はいつも跡継ぎで苦労してきた。五代将軍綱吉に子がなく、六代将軍家宣には家継がいたが、わずか四歳でとても将軍として天下を統《す》べることはできず、当然ながら世継ぎもない。家綱以来代替わりごとに、幕府は次の将軍をどうするかでもめてきた。実子相続だった家宣から家継でさえ、その幼さで反対する者も多かったのだ。

将軍世継ぎの価値は、儒教の教えをこえるほど高くなっている。長福丸もそうであった。八代将軍として紀州から入った吉宗の血を引く男なのだ。もし、長福丸になにかあり、次に西の丸に入った吉宗の男子がまた襲われれば、またもや幕府は将軍継嗣問題を抱えることになる。

「なんということをしでかしてくれた」

大奥でのもめ事ならば、女同士のことと見過ごせた幕閣たちも顔色を変えた。

「六代将軍の御台さまでございましたし、近衛家の姫でもござる。あまり無体なことをするわけには……」

近衛家は六代将軍家宣の御台所を出したということで幕府の後ろ盾を得、朝廷で大いに勢威を張っている。近衛家を怒らせれば、朝幕の関係にひびが入りかねない。それを危惧して、吉宗を宥めていた老中たちの風向きが、長福丸の命が狙われたことで変わった。

「家宣さまのお名前に傷が付きますゆえ、表沙汰にはできませぬが……」

将軍世継ぎを毒殺しようとした女を正室にしていた。そんな怖ろしい女だと気がつかなかったのは、夫として情けない。ことは家宣の評判にも及ぶ。

老中たちは派手にだけはしないでくれと求めたが、吉宗の報復を止めなかった。

「西の丸大奥を差配いたせ」

吉宗は聡四郎に西の丸大奥を預けた。

「女中はすべて入れ替えよ。末といえども一人残らず、取り調べをおこない、罪に応じて咎めを与えよ」

「はっ」

竹姫付きだけでもたいへんなところに、西の丸大奥の面倒まで押しつけられた。

が、嫌だとは言えないのだ。聡四郎は己の代理として工藤右近を登用するしかなかった。

「女中どもはすべて連れ出したな」

「はい。全員を二の丸へと移し、お目付《めつけ》どのが厳しく詮議をいたしておりまする」

「目付か……」

工藤右近の報告に、聡四郎は額にしわを寄せた。

「抜かりなくしておるかの。女の調べなどと手を抜いておらねばよいが……」

聡四郎は懸念を表した。

「お目付どのに限って、そのようなことはございますまい」

工藤右近が否定した。

目付は千石高で旗本の非違監察《ひいかんさつ》を主たる任とする。公明正大、秋霜烈日《しゅうそうれつじつ》を旨《むね》とし、ひとたびその役を受けたならば、親子兄弟親類縁者といえども、一切の妥協はしない。

大目付《おおめつけ》の衰退を受けて、その役目が大名まで含むようになると、より一層その矜持《きょうじ》は高くなり、目付のお仕着せである黒麻裃《かみしも》を身につけ、城中を我が物顔で闊歩《かっぽ》した。

「これは上様のお指図じゃとわかっていてくれればよいのだがな」

聡四郎は小さくため息を吐《つ》いた。

目付の権は大きい。たとえ御三家でも目付の監察対象である。ましてや吉宗は、紀州藩主になる前、わずか三万石の越前丹生《にう》の藩主でしかなかったのだ。紀州家の公子として、綱吉から連枝《れんし》として遇されたとはいえ、目付には遠慮しなければならない。

そう、吉宗は将軍となる前、目付たちの監察対象であったのだ。目付たちにおびえはしなかったが、下手に目を付けられてはうるさい。ましてや吉宗は綱吉の引きであり、家宣からしてみると政敵の一味同然である。なにかあったとしても、綱吉ならばかばってくれたろうが、家宣では見捨てられかねない。どころか、目付をけしかけて来かねないのだ。

長く吉宗は目付たちに睨まれないよう気を使っていた。

それが目付たちをして、吉宗を侮《あなど》る要因になっているのではないかと、聡四郎は危惧していた。

先日まで目付たちの機嫌を気にしていた吉宗が、将軍になった。それが受け入れられているかどうか、確認できていないだけに聡四郎は不安であった。

「お世継ぎさまの身のまわりのことは」

「西の丸小納戸《こなんど》と、小姓《こしょう》が担当しておりまする。とはいえ、まだお世継ぎさまは床からお離れになれませぬので、さほどのことはいたしておらぬようでございますが」

問うた聡四郎に、工藤右近が答えた。

「そうか」

聡四郎はうなずいた。

小姓も小納戸も、将軍あるいはその世子《せいし》の身のまわりの雑用をこなすのが仕事である。おおむね、着替えなど直接身体に触れるものは小姓が、掃除や配膳などを小納戸が担当した。

「二の丸へ行って来る」

「お調べに立ち会われるので」

「立ち会うほどの腕はないが、せめて進捗《しんちょく》状況を確かめて参ろうと思う」

訊いた工藤右近に聡四郎は告げた。

「では、後は頼んだ。なにかあれば、御広敷まで来てくれるように。あと、拙者以外にはなにも言うな。かならず、拙者に申せ」

長福丸が殺されかかったというのは、極秘であった。

「承知いたしましてございまする」

工藤右近の見送りを背に、聡四郎は二の丸へと向かった。


二の丸は江戸城本丸の北東にあり、ほぼ大奥と背中合わせになっている。本丸から二の丸へ行くには、一度表御殿の出入り口である中の門を出て、あらためて銅《あかがね》門を潜《くぐ》らなければならない。西の丸からだとより時間がかかり、かなり大回りしなければ二の丸御殿へ行く経路はなかった。

「お邪魔をいたす」

二の丸御殿は、将軍の休息のために設けられた小規模なものであった。その後、将軍が出歩かなくなったことや、明暦《めいれき》の火事で焼け落ちたことなどもあり、別の用途に供するべく大奥に近い規模まで拡張されていた。

「なにものであるか」

取り調べをおこなっているだろう書院の前で警固していた小人《こびと》目付が、聡四郎を誰何《すいか》した。

小人目付は、目付の下役として、変事立ち会い、牢屋敷見回り、勘定方、町奉行所への出役、目付の巡回の供などをする。お目見え以下十五俵一人扶持高と身分は低いが、目付の権威を借りて、横柄《おうへい》な者が多かった。

「御広敷用人、水城聡四郎でござる。西の丸大奥差配を上様より命じられましたので、西の丸大奥にいた女中どものお取り扱いについて、目付どのにお伺いいたしたく参上つかまつった」

聡四郎は名乗り、用件を伝えた。

「しばし、お待ちあれ」

小人目付の対応がていねいになった。

聡四郎が吉宗のお気に入りであり、養女の婿だというのは知られている。いかに目付の威を借る小人目付でも、無下《むげ》にはできなかった。

「……どうぞ」

襖を開けて、書院のなかへ入っていった小人目付が、しばらくして戻って来た。

「うむ」

鷹揚《おうよう》にうなずいて、聡四郎は詮議がおこなわれている書院へと足を踏み入れた。

「御広敷用人が、何用じゃ」

書院の上座に腰を下ろし、女中たちを睥睨《へいげい》していた目付三人のうち、右にいた若い旗本が聡四郎へ険しい声をかけた。

「西の丸大奥を上様よりお預かりいたしました水城でござる。西の丸大奥に属していた女中たちの様子を知りたく、参りましてござる」

上座と下座の境目で足を止めた聡四郎が述べた。

「高井氏《たかいうじ》」

若い目付が中央にいた歳嵩《としかさ》の目付へ顔を向けた。

「目付兵頭弥八郎《ひょうどうやはちろう》である」

歳嵩の目付が名乗った。

「承った。水城聡四郎でござる」

聡四郎が軽く頭を垂れた。

「まだ詮議の最中じゃ」

兵頭弥八郎が答えることはないと拒んだ。

「誰ぞ、罪を認めましてございましょうや」

子供の使いではない。なにもないと言われて、そのまま戻るわけにはいかない。

聡四郎は少しでも結果を知りたいと喰い下がった。

「罪人どもは、最初から罪を認めはせぬ」

それくらいのこともわからないのかと、若い目付が聡四郎にあきれた。

「誰一人としてでござるか」

「そうじゃ」

兵頭弥八郎が聡四郎の確認に首肯した。

「いつごろまでかかりましょう」

取り調べが終わる時期を聡四郎は問うた。

「わからぬ」

兵頭弥八郎が首を横に振った。

「ことがことじゃ、あまり派手にはできぬ」

「たしかに」

白状しない者へ責め問いをおこなうことはできるが、矜持の高い目付はそれをせず、町奉行所へ任せた。町奉行所の役人は、目付から預かった者を牢屋敷へ連れて行き、そこで責め問いをするのだが、どうすれば効果的に痛めつけられるかをよくわかっている。慣れた町奉行所役人による責め問いの辛《つら》さに耐えかねて自白する者が出てきたときが、問題になった。

「わたくしがお世継ぎさまに毒を盛りました」

こう自白されたら、町奉行所の役人に西の丸大奥でなにがあったかが知られてしまう。

「大奥でこのようなことがあったそうでござる」

町方役人は、江戸の豪商から金をもらって贅沢な生活を送っている。当然、金主の機嫌をたいせつにした。

江戸中に衝撃を与える事件は、商売にも大きな影響を与える。将軍世子が殺されかかったというような話は、それこそどのような反応を天下に起こさせるか、わからないのだ。

「米相場はあがるな」

「老中方は責任を取らされて罷免になるだろう。新しく老中になられる方と繋ぎを取っておかなければ……」

豪商といわれる者たちほど、江戸城内の政変に注目している。それを町方役人は知っているのだ。

「ここだけの話だが」

「何々屋さんだけに報せるが」

天下の秘密として口止めされても、三十俵二人扶持、一年で十二両しかくれない幕府より、年に数十両払う商人に気を配るのは当然であった。

「御広敷用人と申したの」

兵頭弥八郎が確認した。

「いかにも」

「もう、よいのではないか」

「なにを言われる」

聡四郎は驚いた。

「お世継ぎさまに毒を盛ったのはまちがいないのだろう。ならば、どうあったところで死罪しかあるまい」

女は男に比べて一段罪が軽くなる。幕府の法ではそうなっている。しかし、それは通常の場合で、将軍とその家族にかかわる場合は、別扱いであった。

「実家は断絶、当主と男子は切腹、女どもは遠島。これは変わらぬ。どうやっても罪は軽くならぬ。誰の指示だったかなど、しゃべるはずもない。その証に中臈の菖蒲は舌を噛んだではないか」

兵頭弥八郎が首を横に振った。

「では今は誰を」

「菖蒲付きの局じゃ。局は中臈の腹心であるゆえに取り押さえた」

誰を調べているのかと問うた聡四郎に兵頭弥八郎が答えた。

局は、中臈の私を司る。身のまわりのことすべてを取り仕きる。当然、誰とどのような用で会っていたか、何を持っていたかなどをよく知っていた。

「局を特別に赦免をするわけには……」

「馬鹿なことを申すでない。連座の対象ぞ。法度《はっと》は絶対、これをゆがめては、天下が揺らぐ」

「しかし、後ろにいる者をあきらかにしてそちらを罰せねば、不条理でございましょう。手を下した者だけが咎められ、示唆した者が無事では、天道に反しましょう」

正論を言う兵頭弥八郎に、聡四郎は反駁《はんばく》した。

「天道など知らぬ。我らは法度を守るだけじゃ」

「それでは、使嗾《しそう》したものが、また同じことをするやも知れませぬぞ」

聡四郎が懸念を表した。

「それはそのときの話じゃ。目付は旗本の非違を監察するのが任。なにもなければ動かぬ」

兵頭弥八郎が拒んだ。

「ならば、一刻《いっとき》（約二時間）で結構でござる。拙者に詮議をさせていただきたい」

「たわけがっ」

要求した聡四郎を兵頭弥八郎が怒鳴りつけた。

「身分と職分をわきまえよ。そなたは御広敷用人じゃ。大奥の女どもの機嫌を取っておればよい。目付の領分への口出しは許さぬ」

「…………」

言うとおりであった。聡四郎は黙るしかなかった。

「邪魔じゃ。去れ」

兵頭弥八郎が手を振った。

「……御免」

そう言われては引くしかない。

聡四郎は腰をあげた。

「手抜きはせぬ。だが、口を割らぬ女を拷問にかけるわけにはいかぬ。我ら目付は武士であり、不浄役人ではない」

背を向けた聡四郎に兵頭弥八郎が声をかけた。

「武士の情けを知る者でもある」

「……愚かな」

兵頭弥八郎の口にした意味を悟った聡四郎は、苦い顔をした。

すべての責任を背負い自害した菖蒲に忠誠を誓い沈黙、主君への忠誠を守り続ける局を立派だと兵頭弥八郎たちは感じているのだ。

もちろん、旗本の英才とうたわれる目付たちは、菖蒲の後ろにいるのが天英院だとわかっている。

「なにより、将軍家の名誉を守らねばならぬのだ」

あきれた聡四郎に、兵頭弥八郎が付け加えた。

「将軍家とは、どなたのことを言われている」

おもわず、聡四郎は振り向いた。

「神君家康さま以来、すべての将軍さまである」

兵頭弥八郎が胸を張った。

「お世継ぎさまのお命よりか」

聡四郎は問いかけた。

「お世継ぎさまは、将軍ではない。将軍でないかぎり、二の次になるのは当然のこと」

堂々と兵頭弥八郎が応じた。

「目付衆の考えはわかった。納得はせぬが、これ以上は言わぬ」

聡四郎は兵頭弥八郎を睨みつけた。

「こちらはこちらで動く」

「なにっ。我らの調べでは不満だと申すか。勝手なまねは許さぬぞ」

兵頭弥八郎が憤った。

「大奥のことは、御広敷用人の管轄だと、先ほど言われたのは貴殿である。お口出しは無用」

聡四郎は兵頭弥八郎の苦情を一蹴《いっしゅう》した。

「その女たちの処分、注視させてもらう。手加減などしたときは、覚悟されよ」

「きさまっ」

厳格な扱いをするかどうかを見張ると宣した聡四郎は、もう振り向かずに二の丸を後にした。

第二章　策謀の文

一

二の丸から本丸へ戻った聡四郎は、御休息の間《おきゆうそくのま》を訪れた。

「上様にお目通りいただきたく」

「水城か。しばし待て。おい、加納近江守《かのうおうみのかみ》さまにお報せをいたせ」

聡四郎の求めに小姓組頭が応じ、配下の小姓を御休息の間のなかへ行かせた。

「そなた、御広敷用人であろう。御広敷の差配をするだけの用人が、再々、上様にお目通りを願う。いささか度が過ぎておるのではないか。上様の娘婿という立場に甘えてはならぬ」

二人きりになったところで、小姓組頭が聡四郎をたしなめた。

「気を付けまする」

聡四郎も好きで吉宗に近づいているわけではなかった。吉宗の人使いの荒さは、身に染みて知っている。できれば、無役の寄合《よりあい》に戻りたいと思ってはいるのだが、分家出身の将軍に、大名、旗本が忠誠を誓っているとは言いがたいだけに、信用がおける聡四郎を吉宗が手放すとは思えなかった。

「御広敷用人ごときが、我らよりも寵愛されるなどあってはならぬ」

小姓組頭がまだ文句を続けた。

名門旗本から選ばれる小姓組は、その出自を誇っている。将軍のすぐ側に控え、最後の盾ともなる小姓たちは、先祖代々徳川家に仕えてきた譜代《ふだい》中の譜代でなければまずなれない。また、将軍の目につくことから、小姓組を経て、遠国《おんごく》奉行などへと出世していく者も多い。三代将軍家光《いえみつ》のおりの松平伊豆守信綱《いずのかみのぶつな》、堀田《ほった》加賀守正盛《かがのかみまさもり》らにいたっては、万石の大名になり、老中にまでいたっている。

「…………」

聡四郎は黙った。

紀州藩主だったころから吉宗を知っている。吉宗は人を信用できるかどうか、使いものになるかどうかで判断した。

聡四郎の場合、好き合っていた紅《あかね》を養女としてまで抱えこむほど、吉宗は聡四郎を買っている。聡四郎が近づかずとも、吉宗から呼び出される。聡四郎の意思でどうにかなる話ではなかった。

「止めよ」

御休息の間に背を向けて、聡四郎を糾弾していた小姓組頭の背中に、加納近江守が制止の声をかけた。

「上様より、目通り勝手を許されているのだぞ、水城は。それを小姓組の面目を立てて、仲立ちを求めたのじゃ。それに苦情を申し立てるとは……」

「御休息の間へ出入りする者は、小姓組が見なければなりませぬ。我らは上様最後の盾でござる。危うき者を通さぬためにも、要りようでございまする」

加納近江守の説諭に、小姓組頭が反論した。

「そうか、それほどの覚悟があったか」

「いかにも」

感心する加納近江守に、小姓組頭が胸を張った。

「その言葉忘れるな。もし、御休息の間に胡乱《うろん》な者が足踏み入れたときは、そなたの責になる。水城、上様がお待ちである」

責任は取らせると言った加納近江守が、小姓組頭の反応を見ず、聡四郎を促した。

「はい」

吉宗は気が短い。待たせると機嫌が悪くなる。聡四郎も小姓組頭を放置して、御休息の間へと進んだ。

「どうした」

御休息の間上段で吉宗が背筋を伸ばした姿勢で聡四郎を見下ろした。

吉宗は鷹狩りをよくしたことからもわかるように、武士は鍛錬を忘れてはならないと考えている。ために脇息《きょうそく》は使わず、敷きものも綿の入った分厚いものではなく、木綿を合わせただけの薄いものを好んだ。それでも、下段の間から見上げると、圧倒されるほど吉宗の上背は高かった。

「さきほど……」

聡四郎は無駄な挨拶をせず、用件を端的に伝えた。

「役立たずめが」

聞き終わった吉宗が吐き捨てた。

「なんのために、わざわざ目付にあの女どもを預けたと思っているのだ」

「上様のお考えに気づいておらぬのではございませぬか」

同席していた加納近江守が推測した。

「主君の意を汲《く》めぬのか、旗本の俊英を集めたと言われる目付が」

吉宗があきれた。

「長福丸がことは、西の丸大奥での出来事じゃ。大奥が将軍の私《わたくし》であり、表《おもて》が介入できぬのと同様に、西の丸大奥は世継ぎの私じゃ。躬《み》といえども口出しは遠慮せねばならぬ」

公《おおやけ》の場ならば、吉宗の意向がすべてに優先する。しかし、私となれば、親子といえども、専横《せんおう》な振る舞いはまずかった。

「あの生き残りの女の口を割らねば、天英院を罰せられぬではないか」

吉宗が天英院を表だって罰せられないのは、天英院が吉宗の義理祖母にあたるからであった。儒教を政《まつりごと》の根本においている幕府、その頂点たる将軍が恣意《しい》だけで、目上を罰するわけにはいかなかった。

今回の天英院へ与えた腹心たちの召し放ちも、表向きは罰ではない。女中たちが入れ替わっただけで、天英院にはなんの咎も吉宗は与えていない。

菖蒲が天英院の指示で長福丸に毒を呑ませたのを見たなどと局が証言してくれれば、目付という監察役を通じて話を公にでき、大奥からの追放など処罰ができる。

今、天英院を罰すれば、世間は大奥における竹姫と天英院の勢力争いとして捉え、吉宗が好きな女の肩をもったと思う。

いろいろなところに無理と痛みを押しつける改革をしようとしている吉宗が、惚れた女に甘いと陰口をたたかれるわけにはいかないのだ。

「まったく、目付まで手を入れねばならぬのか。これでは、幕政を改革するより、一度すべて壊して、作り直したほうが早いわ」

吉宗が嘆息した。

「ご心中お察しいたしまする」

加納近江守が吉宗を慰めた。

「有能な者がこれほどおらぬとは……旗本八万騎は張り子だな」

吉宗が聡四郎へ目をやった。

「水城、なんとかいたせ」

「……できるだけのことはいたしまする」

無茶を押しつけた吉宗に、聡四郎はやるとは答えられなかった。

大奥の出入りは表使の管轄になる。大奥に出入りするものは、人、ものを問わず、表使への届け出が要った。

「このような要求は認められぬ」

「いささかご身分にかかわるかと」

下級の者へは厳しく、中臈以上の高級な女中には遠回しに拒む。

「やむを得ぬ」

上臈でも表使の判断に異を唱えることはできない。身分を笠に着て無理矢理押し通すこともできるが、かならずあとでしっぺ返しを喰らう。

表使を無視して、大奥から人やものは出せても、入れることはできない。荷物が届いた、人が来たという七つ口からの届けは、まず表使のもとへ報される。

「何々さまの局に、荷が着いたと伝えて参れ」

表使からお使番が走り、局はようやく注文した荷物が届いたと知ることになる。

もし、表使を怒らせれば、それが後回しにされた。

「七つ（午後四時ごろ）の鐘が聞こえたの」

「はい。今、鐘が鳴りましてございまする」

「ならば、報せに行ってやれ」

配下に確認した表使が、荷物が届いたことを気に入らない局へ報せる。とうに荷物は届いているが、わざと後回しにするのだ。これは表使の差配の範疇《はんちゅう》で、御台所以外は誰も文句を付けられない。

「今頃……」

報せを受けた局は大慌てで、荷物を受け取りに向かうが、すでに七つを過ぎている。

「七つ口は閉じてござる」

御広敷番頭が引き渡しを拒む。七つ口に届けられた荷は、受け取り側の局の者が来てから御広敷番頭の検《あらた》めを受けて、問題なしとなれば引き渡される。この業務は七つをもって終了し、明日の明け六つ（午前六時ごろ）まで再開されない。

「何々の方さまのご要望の品であるぞ」

そう脅しをかけても、これだけは通らなかった。七つ口の門限は、極めて厳重に守られ、これに違反した者は、誰であっても重罪となった。

「決まりでござる」

普段ならば賄賂で、持ちこまれる荷物の検めに手を抜くような役人でも、門限破りだけはさせなかった。

門限を守らせる側の違反、これは役目怠慢どころの話ではなくなる。まちがいなく御役御免《おやくごめん》のうえ、目付の取り調べを受け、軽くて減禄、重ければ切腹まで行く。

「お方さまが夕餉《ゆうげ》にとお求めになられた鯛《たい》なのだ。一夜置いては腐ってしまう」

生もののときは、商品が使えなくなる。

「今宵の月見に間に合うよう注文していた打ち掛けぞ」

もっとも困るのが、衣装であった。

男がおらず、外へも出歩けない大奥女中たちの楽しみは、着飾ることと美食である。そのうち食事は内向きの楽しみであり、衣装は外向きのものであった。

外向きとは、他人に見せつけることで、優越感に浸ろうという女同士の競いであった。

大奥の女中、それも中臈以上になると、かなりの収入を持つ。幕府からの扶持の他に、配下の女中たちからの上納金、大奥に繋がりを持ちたがる商人からの合力金、女中を通じて将軍へ名前を知ってもらい出世につなげたいと考える旗本たちからの気遣いなどで、かなりの金額を手にしている。

住まいは大奥の長局に与えられ、米と薪、油は現物が支給され、おかずの代金も出してもらえる。文句さえ言わなければ、食と住はほぼ無料なのだ。

となれば、金の遣い道は一つしかない。

身を飾るのは、女の仕事でもある。そして、着飾った女は、他人に見てもらうことで完結する。

しかし、その相手となるべき、男がいない。将軍はいるが、そうそう出会うこともないし、見せつけるわけにもいかない。

となれば、同じ大奥の女中同士で競うしかなくなるのだ。

「今年は、秋の七草づくしで参ろうと思う」

「金糸と銀糸を縫い付けて、光り輝くような……」

花見、月見の宴はもとより、茶会だ、句会だと行事のたびに新しい衣装を仕立てる。それも意匠《いしょう》を凝《こ》らしたもので、他の者を圧するようにする。いや、しなくてはならない。衣装や小間物のできで優劣を競い、勝てば誇り、負ければ悔しがる。

もちろん、勝ったほうが、負けたほうを見下すことになる。

行事は女中たちにとって、衣装を武器にした戦であった。

勝つために女たちは金を遣い、知恵を絞る。

「何々の方さまは、花散らしの文様《もんよう》だそうでございまする」

「ならば、こちらは花鳥風月《かちょうふうげつ》をそろえてくれよう」

あらかじめ敵がなにを用意するかわかっていれば、対応できる。

「誰にもしゃべるな」

上回られれば、たまったものではない。高い金を出して負けては立つ瀬がなくなってしまう。

配下の女中や仕立てをする呉服屋などへの口止めはもとより、少しでも情報が漏れるのを警戒して、衣装の納品もぎりぎりまで遅らせる。

「当日の朝、一番に持って参れ」

局に飾るだけでも、どこから盗み見られるかわからない。それを防ぐためには、着用する当日に大奥へ届けさせるのが良策であった。

それを差し止められては、たまったものではなかった。

「おや、何々どのは、前回と同じ衣装でござるかえ。いや、意外なこと。もしや黄《おう》白《びゃく》に不足でもござったのかえ。一言相談してくりゃれば、ご融通いたしたものを」

同じ衣装で行事に出れば、嫌味を浴びせられる。

「妾は出ぬ。急病じゃ」

欠席するしかなくなるのだ。

表使に逆らえば、痛い目に遭う。大奥女中は誰もが知っていることであった。

「天英院さまからご実家へのお手紙でございますな」

「さよう」

当番の表使のもとを姉小路が訪れていた。

「拝見」

姉小路が持つ書状へ、表使が手を伸ばした。

「なにをいたすか、無礼者め」

姉小路が書状を胸に抱えこむようにしてかばった。

「なかを検めさせていただきまする」

「馬鹿なことを申すな。これは天英院さまから、ご実家の近衛さまへあてた手紙であるぞ。表使風情が手で触れて良いものではない」

内容を確認するという表使を姉小路が叱った。

表使は、その権能に反して、身分は低い。旗本の娘から選ばれるが、中臈よりも格下であった。

「御広敷用人より、厳しく命じられておりまする。天英院さまが外との連絡を取られようとなされたときは、中身を確かめるようにと」

「……御広敷用人だと」

姉小路が眉間にしわを寄せた。

「御広敷用人ごときが、お方さまに制限をかけるなど思い上がりも甚だしいわ」

顔を真っ赤にして姉小路が怒鳴った。

「たしかに御広敷用人の指示ではございますが、これは上様のご命を伝達して参ったのでございまする」

「証拠があるか。あの水城とか申す御広敷用人は、お方さまに逆らう愚か者じゃ。上様のお名前を騙《かた》っているのであろう」

「……これを」

疑った姉小路に、表使が隣に置いていた文箱《ふばこ》から紙を取り出した。

「なんじゃ……うっ」

紙を開いた姉小路が詰まった。

「我ら表使は、大奥の出入りを管理いたしまする」

表使の許しなく、大奥からは手紙一本出せず、懐紙一つ購入できなかった。

「それだけに役目には厳密であろうとしておりまする。いかに上様の娘婿であろうとも、口先だけで従うことはございませぬ。上様の花押《かおう》が入ったお沙汰書きがなければ、我らの権を侵すような指示など聞きませせぬ」

表使が矜持を見せた。

「これが本物だという……」

「お見苦しいまねをなさいますな。お名前に傷が付きますぞ」

まだ言い募ろうとした姉小路を、表使が制した。

「もう皆知っておりまする」

「………」

「天英院さまが、決してしてはならぬことをなさったと。女が女の操《みさお》を汚す。しかも上様のお休みになられる大奥で竹姫さまを、男を利用して汚そうとするなど……」

ていねいに応対していた表使の目つきが変わった。

「女としての憤り、なにより上様の閨《ねや》を司《つかさど》る大奥としての誇りを……」

表使が姉小路を睨みつけた。

「ひいっ」

姉小路の腰が砕けた。

「ふうう」

一度大きく息を吐いて、表使が落ち着こうとした。

「直接のお越しはお断りいたしまする。表使に御用の節は、館付きの女中をお通しくださいますよう」

乱れた心を抑えて、表使が慇懃《いんぎん》に頭を下げた。

「お、覚えておれよ。天英院さまがふたたび大奥の主となられたなら、そなたを放《ほう》逐《ちく》してくれるわ」

姉小路が捨て台詞《ぜりふ》を残して逃げるように去っていった。

「上様がおられる限り、天英院さまの復権はないわ」

表使が吐き捨てた。

二

裳裾《もすそ》を蹴立てて館へ戻った姉小路は、天英院に向かって無言でうなずいて見せた。

「うむ」

応じて天英院も顎を引いた。

「姉小路、参れ。他の者は遠慮せい」

天英院が居室である上段の間の後ろ、六畳ほどの小部屋で身支度などをする化粧の間へと姉小路を誘った。

「…………」

それを吉宗に任じられて天英院の見張りをしている御庭之者馬場《ばば》の妹が見送った。

「よいのか」

御広敷伊賀者の娘でやはり天英院を抑えるために派遣された女中が、二人きりにしてよいのかと問うた。

「我らが聞き耳を立てると思ってのことでござろう。でなければ、あのような目配せなどいたしますまい。あれは我らの耳目を集め、偽りの話を聞かせるつもりでござろう」

「……一応、聞いておいたほうがよいのではないか」

「ならば、お任せしましょう」

馬場の妹が御広敷伊賀者の娘に預けた。

「……では」

御広敷伊賀者の娘が懐から竹の筒を取り出した。

「ふむ。聞き筒とは、用意のよいこと」

聞き筒とは竹の節《ふし》を抜き、一尺（約三十センチメートル）ほどの長さに切ったものである。片側を壁や襖、障子に当て、反対側に耳を付ける形で使う。壁ごし、襖ごしの音が、竹の筒を伝わって直接耳に届く。忍道具の一つであった。

「伊賀に油断なし」

誇らしげに言った女中が、聞き筒を化粧の間の襖に添えた。

「馬場」

天井から細い声が落ちてきた。

「村垣《むらがき》さま……」

小さくうなずいて馬場の妹は館の廊下へと出た。

「表使に実家への手紙を出したいと言って、断られていたぞ」

「やはり……」

馬場の妹が首を縦に振った。

「ご用人さまに」

「承知。少し離れる」

天井裏の声が消えた。

「愚かなことよ。おとなしくしていれば、食うには困らぬというに」

馬場の妹が嘆息した。

松島は姉小路から押しつけられた書状を取り扱いかねていた。

「このまま捨ててしまうか、それとも御広敷用人、水城に渡すか」

難しい顔で松島が悩んだ。

「それをしたら……」

捨ててしまえば気づかれないだろうが、訴人《そにん》はまずい。かならずやこの書状を証拠として、吉宗は天英院を断罪する。

すでに吉宗の我慢は限界まで来ている。まちがいなく天英院と姉小路は処罰をされる。さすがに近衛の姫を死罪にすることはないだろうが、姉小路は無事ではすまない。

「死なばもろともとなるだろうな……」

そうなったとき、姉小路が松島を許すはずはなかった。

「月光院付き上臈の松島も、わたくしと一心して上様へ逆らっておりました」

姉小路に売られた松島を吉宗が放置することはない。

「上臈の職を解き、大奥から放逐する」

さすがに殺されることはないだろうが、大奥には居られなくなる。大奥の金遣いを抑えたい吉宗にしてみれば、上臈は見せしめにちょうどいい。

「上臈の松島さまでも、ご放逐になった」

大奥の女中は縮みあがる。

「いまさら、実家へ帰れるはずもない」

松島は旗本の娘であった。

「なんとか、家を引き上げてくれ」

役目にも就けず、長年小普請に留め置かれた実家は、三年先までの俸禄を札差《ふださし》に押さえられていた。食うに困るところまではいっていなかったが、役目へ推薦してくれるだけの引きをもつ名門との婚姻どころか、嫡男たる弟に嫁をもらうことさえ難しい有様であった。

嫡男に嫁を迎えられない家が、娘を嫁に出せるはずもない。松島は父のすがりつくような頼みもあって、大奥へあがった。

「できれば、上様のお手つきとなってくれれば……」

父の願いは叶わなかったが、出があまりよくないことも幸いして、側室の月光院に気に入られた。

「家柄ばかり、自慢しおって。上様の和子《わこ》さまを産んだ妾をないがしろにしおる」

天英院からの嫌がらせを受けていた月光院は、出の近い松島を相手に不満をよく漏らした。

「今しばらくのご辛抱でございまする。和子さまが七代将軍となられたあかつきには、お方さまは将軍ご生母さま。和子さまが御台所さまをお迎えになるまで、お方さまこそが大奥の主」

松島も月光院の気に入りになるよう、立ち回った。おかげで中臈まであっという間に出世をした。

そして家宣が死に、家継が七代将軍になると松島は上臈へと引き立てられた。

「生涯お方さまにお仕えいたしまする」

上臈は表の老中に等しい格を与えられ、大きな力を持つ。

「弟を頼みまする」

そう面談のおりに老中へ伝えるだけで、実家は栄達した。

今や松島の実家は、小納戸として吉宗の側近くにある。小納戸は将軍の身のまわりの世話をするのが役目で、数百石から五百石ほどの旗本から選ばれる。将軍の側に仕えることから、その目に留まりやすく、出世もしやすい。

五代将軍綱吉の寵臣、柳沢美濃守吉保《やなぎさわみののかみよしやす》もともとは小納戸であった。館林から付いてきたという経歴もあったろうが、大老堀田筑前守正俊《ちくぜんのかみまさとし》が若年寄稲葉石見守正休《いなばいわみのかみまさやす》に殿中で斬りつけられたおりの対応をきっかけに愛《め》でられるようになり、五百三十石から甲府城と十五万石へと類のない出世を果たした。

「あと少しで、実家は千石になれる」

月光院と吉宗の間は悪くない。このまま数年無事にいけば、松島の弟は遠国奉行か、書院番《しょいんばん》あるいは小姓番への出世が見えてくる。

「ここで躓《つまず》くわけにはいかない」

松島が吉宗から咎められ、大奥を出されればその咎は、弟にも向かう。御役御免のうえ、小納戸になったときの加増は取りあげられる。

「一度咎めを受けた家は、二度と浮かびあがれない」

役目に就きたい旗本と役目の数では、旗本が数倍から多い。わずかな傷でも、命取りになった。

「手紙を捨てるか……」

大奥から出られない姉小路には、手紙が無事に館林藩江戸家老山城帯刀のもとに届いたかどうかを確かめる術《すべ》はない。何日も経って山城帯刀の反応がなかったとしても、松島を責めるわけにはいかないのだ。

「山城帯刀であったかが、天英院さまの言うとおりに動くとは限らぬ」

吉宗が江戸城へ入るまでの天英院ならば、話は違った。その力は幕府を覆い、天英院の言葉には老中といえども従った。

それも吉宗が将軍となったことで変わった。

天英院の力は削《そ》がれ、大奥での権威は落ちた。そのうえで、今回の騒動である。天英院の連座に巻きこまれてはたまらないと、逃げ出して当然であった。

「捨てる……いや、待て」

手あぶりに手紙をくべようとした松島がためらった。

「もし、山城帯刀と天英院さまが、姉小路がいまだに強固な絆で繋がっていたら……手紙が届いていないとの報せが……」

人というのは気になりだしたら、不安が増していくものだ。

松島が悪いほうへ悪いほうへと考えを傾けていった。

「……一度だけ、一度だけ。そう、姉小路も約束した」

しばらく思案した松島が、呟いた。

「あれも落ちぶれたとはいえ、大奥の上臈である。約束を違《たが》えるようなまねはするまい」

溺れる者は藁《わら》にもすがる。少し前まで、大奥の覇権を争って、天英院方、月光院方で争い、互いに相手を出し抜いてきた。その経緯《いきさつ》を松島は忘れた。

「手紙を送るだけじゃ。それ以降のことは知らぬ」

松島は己を納得させた。

「誰ぞ、これを五菜に託せ」

配下の女中を松島が呼んだ。

三

大宮玄馬《おおみやげんば》は、聡四郎の妻紅《あかね》を守るため、屋敷に常駐していた。

「藤川が襲い来るやも知れぬ。紅を頼む」

聡四郎は大宮玄馬を己の警固から外した。

「命にかえましても」

大宮玄馬が主君の命に従った。

一放流《いっぽうりゅう》の弟弟子で、貧乏御家人の冷や飯食いという境遇だった大宮玄馬は、兄弟子の聡四郎によって、水城家の家士として取り立てられた。

「一放流小太刀の創設を許す」

世に隠れた名人として江戸の剣術遣いのなかで知られた師入江無手斎《いりえむてさい》が、一流を立てることを認めた遣い手であったが、大宮玄馬は道場を開くより、聡四郎の側にあることを望んだ。

「玄馬さん、実家に行きたいのでお願い」

水城家の屋敷内に与えられた長屋で待機していた大宮玄馬のもとへ紅が顔を出した。

「承知いたしましてございまする」

そろそろ臨月に近い。大きなお腹を抱えるようにしている紅に、大宮玄馬がうなずいた。

「そろそろ産婆さんの手配を頼まないと思って」

屋敷を出たところで、紅が用件を言った。

「わかるものなのでございますか」

大宮玄馬が半歩下がった位置で付き従いながら問うた。

「わたしも初めてだからねえ。人から聞いた話なんだけどさ、生まれる前にはお腹の子供が下に降りてくるらしいの」

愛《いとお》しげに紅がお腹に手を置いた。

「少し下がったような気がするのよ」

「なるほど。それで準備をしておかれると」

説明に大宮玄馬が納得した。

「殿さまも、あなたも、お産で役に立たないでしょ」

「……はい」

笑いながら言う紅に、大宮玄馬が苦笑した。

「まったく、男の人って……」

「奥方さま」

聡四郎の悪口を続けようとした紅を、大宮玄馬が制した。

「……敵ね」

すぐに紅が笑顔を消した。

「……どうやら前から来る一人だけのようでございまする」

素早く気配を探った大宮玄馬が紅に告げた。

「前から……」

そこで辺りに目をやるような愚かを紅はしなかった。まだ聡四郎と恋仲になる前から、何度も狙われてきた紅である。いい加減、肚《はら》も据わる。

「半丁《ちょう》（約五十五メートル）ほど先、小間物屋の暖簾《のれん》側で店を覗きこんでいる男がそうでございまする」

的確に大宮玄馬が語った。

「そう。じゃ、そこの辻を右に曲がりましょう。実家へは遠回りになるけど、わざわざ罠に飛びこむ意味はないもの」

さっさと紅が、歩き出した。

「承知いたしました」

大宮玄馬も同意した。

店のなかを見ている振りをしながら、二人の動静を探っていた伊賀の郷忍《さとしのび》が目を少しだけ大きくした。

「気づかれるだろうとは思っていたが……」

伊賀の郷忍は手のなかに握りこんでいた棒手裏剣の感触をたしかめた。

「もう少し近づけるかと考えていたが、一瞬の注視を気取《けど》られたか」

紅と大宮玄馬の姿を確認した瞬間、わずかに心が乱れた。それを大宮玄馬が見抜いた。

「あの女の腹に、これを突き刺してやろうと思っていたものを」

郷忍が顔をゆがめた。

「仲間を殺した報いを、あの御広敷用人にくれてやるには、それがもっとも効果があろうと考えたのに……あの従者め。やはりあやつから片付けねばならぬな」

辻を曲がっていった紅と大宮玄馬を追うわけにはいかなかった。顔と風体を見られている。今以上の距離でも見つけられる。そうなれば手裏剣の間合いに近づくことさえ難しい。

「出会い頭《がしら》では無理だな。やはり、しっかりと策を練らねば」

郷忍が背を向けた。

「あれか……危うく任を放棄するところであった。お頭に知られては、ただではすまなかったな」

一丁（約百十メートル）ほど向こうから、肩で風を切って歩いて来る無頼の男を郷忍が見つけた。

「あのていどの輩《やから》を相手にするなど、誇りある伊賀の名前が泣くが……生きて行くためだ」

郷忍が無頼へと向かって踏み出した。

竹姫の局は、拡張された。というより、隣の局を吸収し、その規模を倍にした。女番衆を配下に付けたことで、竹姫付きの女中が増加、今までの局だけでは手狭になったためであった。

「館を与えるわけには、まだいかぬ。しばし、これで辛抱いたせ」

さすがに御台所にするまで、館を作らせるわけにはいかなかった。

「かたじけのうございまする」

吉宗の好意を竹姫は喜んで受け取った。

部屋数は倍になったが、間の壁をぶち抜いたわけではない。竹姫の居室は替わらずに前の通りであった。

「壁があっては、いざというとき間に合いませぬ」

新しく配下となった女番衆が、隣の局に居住を指示されて反発した。

「かといって、古くからの者を移すわけにも参らぬ」

竹姫の局を仕切っている中臈の鹿野《かの》が困惑した。

女番衆は大奥開かずの間である宇治《うじ》の間を守るのが役目であった。代々の大奥総《おおおくそう》取締《とりしまり》から御台所だけへ報されていた、五代将軍綱吉の死の真相を外へ漏らさぬように手配する。ときと場合によっては、秘事に近づいた者を始末することもある。

「躬《み》の御台所は竹しかおらぬ。そなたたちは竹を警固せよ」

女番衆のことを知った吉宗が、女番衆を竹姫に付けた。

「上様のお指図に従わねばなりませぬ」

女番衆にとって宇治の間が存続することがなによりであった。宇治の間は、大奥の戒《いまし》めであり、御台所にだけ認められた非常の権を象徴する場所なのだ。そこを維持することが女番衆の役目であった。

「宇治の間をなくさぬ」

大奥の改革を進める吉宗は、女中の数を減らすことで長局を潰して建物を保持する経費を削減しようとしていた。それに危惧を覚えた女番衆が、竹姫の安全を保障することで、宇治の間を保護して欲しいと吉宗に要望し、それが認められた。となれば、なんとしても竹姫を守り抜かなければならない。もし、竹姫に毛ほどの傷でも付けば、吉宗は遠慮なく女番衆を解体、宇治の間を跡形もなく破壊する。

女番衆にとって、竹姫との間に壁があるのは容認できなかった。

「ううむうう」

鹿野が悩んだ。

「二人だけ認めよう」

女番衆すべてを受け入れることはできなかった。それだけの余裕はない。鹿野はやむなく二人だけならばと譲った。

「二人……もう一人なんとかなりませぬか。二人が竹姫さまを守り、一人が至急を報せるという形を取りたく……」

女番衆をまとめる世津《せつ》が、鹿野に願った。

「袖《そで》が姫《ひい》さまのお側に絶えず控えておる。その分を割り引け」

鹿野と同席していた京出身の中臈鈴音《すずね》が、世津を抑えた。

「……袖どのは……伊賀の郷の者でございましょう」

世津が懸念を表した。

伊賀の郷が、聡四郎と大宮玄馬に恨みを抱いていることは、すでに竹姫付きの女中たちに報されていた。

「大事ない。袖は信用できる」

鈴音がはっきりと断言した。

「ですが……」

女番衆の未来《さき》は、竹姫にかかっている。世津は納得していなかった。

「くどいぞ」

鈴音が目を吊り上げた。

「信用という点においては、竹姫さまのお命と操を何度も守り抜いた袖のほうが厚いわ。女番衆かなにか知らぬが、いきなり割りこんできた新参者よりもな」

「……それは」

冷たく言われた世津が詰まった。

「鈴音、少し言葉が過ぎますぞ」

竹姫付き筆頭中臈として、上臈への出世も見えている鹿野が鈴音を宥《なだ》めた。

「……申しわけございませぬ」

一度吉宗を怒らせて、格下げを喰らった鈴音が頭を垂れた。

「世津、そなたもじゃ。己の要望だけを通させようとするな。それは局の和を崩す」

「はい」

世津も詫びた。

「二人でよいな」

「承知いたしましてございまする」

鹿野に念を押された世津がうなずいた。

「では、早速に」

世津が人選をしてくると下がった。

「鹿野、鹿野」

下段の間で話し合っていた鹿野を、上段の間から竹姫が呼んだ。

「ただいま」

鹿野が下段と上段を仕切っていた襖を開けて、竹姫の前に伺候《しこう》した。

「世津の声がしておったようじゃの」

竹姫が問うた。

「参っておりました。姫さまのご身辺について、いささかの話をいたしましてございまする」

鹿野が答えた。

「のう、鹿野」

「なんでございましょう」

訊きたそうにした竹姫を鹿野が促した。

「女番衆とはなんぞ」

竹姫が首をかしげた。

「あのとき、公方《くぼう》さまよりお話をいただいたが、どうもよくわからぬ。妾の警固を任せるとのご諚であったが、どうみても別式女《べっしきめ》のように武張《ぶば》った身体つきではない」

将軍宣下《せんげ》を受けた吉宗のことを竹姫は上様ではなく公方さまと呼んでいた。

「まさに」

竹姫の疑問に鹿野が首肯した。

別式女とは、武で仕える女中のことだ。正室や側室、姫方の近くなど、男を配置するわけにはいかない大奥などの警固を担う。

大奥の場合は、御家人の娘で薙刀《なぎなた》や剣術を得意とする者を、火の番として抱えていた。竹姫の局にも一人配置されているが、五尺（約百五十センチメートル）をこえる身の丈を誇っている。

「姫さま、袖を御覧くださいませ」

鹿野が、竹姫の背後に端座する袖へと目をやった。

「袖は伊賀の忍でございますが、その身体つきは華奢《きゃしゃ》でございまする。それでいて男などものともせぬ武芸の遣い手」

「たしかに、そうであったな」

言われて竹姫が袖を見た。

「袖は強いの」

竹姫がうなずいた。

「畏れ入りまするが、わたくしは強くございませぬ」

袖が首を横に振った。

「謙遜《けんそん》かえ」

竹姫が微笑んだ。

「とんでもございませぬ。もし、薙刀で戦えと言われましたら、わたくしでは別式女のどなたとやっても勝てますまい」

袖が告げた。

「……薙刀でなければどうじゃ」

「誰にも負けませぬ」

少し考えて問うた竹姫に、袖が胸を張った。

「わたくしの役目は、姫さまをお守りすること。そのためにはどのような手立てを使ってもよろしゅうございまする。剣術遣いの試合ならば作法があり、それに外れたまねをすれば、卑怯《ひきよう》との誹《そし》りを受けましょうが、警固にそのような制限はございませぬ。どのように非難されようとも、姫さまを守り抜けば、わたくしの勝ちでございまする」

「なるほどの」

竹姫が納得した。

「女番衆も同じか」

「…………」

確認を求められた袖が黙った。

「どうした、袖」

竹姫が怪訝そうな顔をした。

「鹿野さま……」

袖が鹿野を見た。

「しばし、待ちやれ」

すっと鹿野が席を立ち、下段の間との襖を開け放った。

「まだ参っておらぬようじゃな」

鹿野が世津の姿がないと応じた。

「聞かれてはまずいのか」

素直に竹姫が訊いた。

「いささか」

紬が首を縦に振った。

「悪口ならば聞かぬぞ」

「違いまする」

釘を刺した竹姫に、紬が否定した。

「女番衆は、人の警固に向いておりませぬ。女番衆は宇治の間の秘事を守りつつ、大奥御台所さまに心構えを伝えるのが役目。建物は動きませぬ。動かぬものを守る、それも決して襲われぬ建物でございまする」

いかに開かずの間とはいえ、なかに綱吉の死体があるわけでもなく、血にまみれたであろう畳や調度《ちょうど》も替えられている。なにせ、宇治の間は六代将軍家宣のとき、一度長局ごと潰され、まったく同じ間取りで再建されているのだ。

今さら隠すものなどなにもない。そんなところを警固するといったところで、なにをしていいのかさえわからない。

「今の女番衆は、新しい御台所さまに将軍暴君たるときは、そのおこないを止めよという、五代将軍綱吉さまの御台所であった鷹司《たかつかさ》信子《のぶこ》さまの御遺志を伝えるだけのためにあると言ってよろしいかと」

袖が語った。

「なるほどの。それで次の御台所たる妾のもとへ付けてくれと、公方さまへ願ったのか、女番衆は」

天英院のもとに潜んでいた女番衆の多加《たか》が、吉宗に竹姫の配下にしてくれと直談判した事情を竹姫は悟った。

「姫さま」

袖の声が固くなった。

「なんじゃ、遠慮なく申せ」

竹姫が促した。

「女番衆のもくろみにお気を付け下さいませ」

「うむ」

袖の進言を竹姫が受けた。

「まだ幼い妾の下に付きたいと申したときから、気にしておる。安心いたせ」

竹姫が告げた。

「畏れ入りまする」

袖が感心した。

「鷹司信子さまのなされたことは、いかに天下のためであったとしても、許されるものではない。生類憐れみの令がどれほどの悪法であろうとも、妻が夫を害していい理由にはならぬ」

「…………」

竹姫の言葉を袖も鹿野も黙って聞いていた。

「女番衆は公方さまを危ぶんでおるのだ。将軍になられるなり、大奥を改革なされた果断さをの。幕府に金がないから、無駄遣いをなくすという公方さまの論は正論じゃ。大奥がまず槍玉にあげられたのも無理はない」

忘れられた姫として少ない女中たちに傅《かしず》かれて、大奥の片隅で生きてきた竹姫は、天英院や月光院どころか、その辺の中臈よりも質素な日々を送ってきた。茶会や花見の宴にも招かれないため、衣装を新調することもない。そんな竹姫から見て、大奥の金遣いは異常であった。

「鷹司信子さまの輿入れに付いてきた者たちが、女番衆の始まりであろう。江戸者ならば、いかに御台所さまのなしたこととはいえ、将軍殺しを認めるはずはない」

「確かめてはおりませぬが、世津や多加は京の出でございましょう」

竹姫の論に鹿野が同意した。

「……京は怯えておるはずじゃ。いつ公方さまの矛先が朝廷へ向けられるかとな」

「それは……」

鹿野が息を吞んだ。

「朝廷が実を失って何百年になる。朝廷にあるのは名前だけで、太政《だじよう》大臣といえども政《まつりごと》は何一つせぬ。代々の血筋だけを誇りに、幕府から禄をもらって生きている。無駄といえば、これほど無駄なものはなかろう」

「…………」

淡々と言う竹姫に、一同が声を失っていた。

「朝廷は帝《みかど》とそのお世話をする公家衆だけでいい。それだけで今と同じことができる。そうよな、公家は半分以下に削れよう。それを朝廷は怖れている」

「まさか……」

「なにを仰せに……」

袖と鹿野が、竹姫の言いたいことを悟った。

「そうじゃ。朝廷は妾を第二の鷹司信子さまにしたいのだ。公方さまが朝廷に手を入れようとなさったとき……」

さすがにそれ以上を竹姫は口にしなかった。

「ようは、女番衆を使って妾を思うように動かしたいのだ、朝廷はな。そんな策にはまるものか。女が愛しい殿方を害するなどありえぬわ」

竹姫は完全に女の顔をしていた。

「姫さま……」

鹿野が震えた。

「不思議かの。妾は清閑寺の出じゃが、三歳で江戸へ捨てられたのだぞ。京にいたときよりも、江戸で過ごしたほうがはるかに長い。妾はもう江戸者じゃ。なにより、妾は公方さまの女ぞ。五代将軍綱吉さまと……」

養父の名前を出したとき、竹姫が軽く頭をさげた。

「……鷹司信子さまのように、輿入れしてから顔を見たという仲ではない。畏れ多いこと、いえ、うれしいことに、公方さまが妾を選び、妾も応じた、巷《ちまた》で言うところの相仲《あいなか》じゃ。朝廷がなにを言ってこようが、父がどう命じようとも、聞くわけなかろう」

竹姫が幼い容貌には似つかわしくない婉然《えんぜん》たる笑みを浮かべた。

「姫さま……」

「…………」

鹿野と袖が感嘆した。

「天英院の目の前で、多加が女番衆を妾の下にと公方さまへ願ったらしいが……妾を子供と侮《あなど》っておる。このていどのことを見抜けずして、天下を相手に政を変えようとなされている公方さまの正室が務まるか」

竹姫が胸を張った。

「ということでな、袖」

後ろに控えている袖へ竹姫が顔を向けた。

「はっ」

袖が手をついて、傾聴の姿勢を取った。

「悪いの。そなたも早く愛しい男のもとへ参りたいだろうが、今少し辛抱してくれ」

竹姫が頼んだ。

「愛しい男など……おりませぬ」

袖があわてた。

「隠さずともよい。紅さまより伺っておる」

「紅さまが」

「水城の弟弟子だそうだの。さぞや、よい男であろう。あの水城が家士に選んだほどじゃ、さぞや剣の腕も立ち、誠実なのだろうが……」

竹姫が眉をひそめた。

「なにか……」

欠点を言われるのではないかと袖が不安そうな顔をした。

「紅さまによると、水城以上の朴念仁《ぼくねんじん》だそうだの」

「それは……」

袖が情けなさそうな表情を見せた。

「苦労したと紅さまが言われていたぞ。どうやって水城に愛しいと言わせるかを」

「……………」

「待つだけでは、よい男は手に入らぬぞ。まあ、二度の婚姻が潰れ、大奥の片隅で朽《く》ちていくのを覚悟していた妾の言えたことではないがの」

竹姫が苦笑した。

「いえ、姫さまは自ら動かれました。上様の武運長久《ぶうんちょうきゅう》を願うため、長福丸さまのご平癒《へいゆ》を願うため、大奥から出られました。京から大奥までお見えになられて以来、一度も外へお出にならなかった姫さまが、一年ほどの間に二度も」

鹿野が身を乗り出すようにして言った。

養女ではあるが、将軍の姫が大奥から出る。まずあることではなかった。先祖の命日、あるいは婚姻の準備などでも、本人は大奥から動かず、お付きの中臈たちを代理として行かせるのが普通であった。

「無理を言ったな、そなたたちにも苦労をかけた」

竹姫が謝意を口にした。

「姫さま」

次の間の襖際で、出入りを見張っていた鈴音が、合図をした。

「戻って来たようじゃ。では、皆、頼むぞ」

「お任せを」

「吾が身に代えましても」

四

鹿野と袖が緊張した。

「ご無礼をつかまつりまする。姫さまのお側に新たに控えます者二人、お目通りをお許しいただきたく」

襖の向こうから世津の声がした。

「いかがいたしましょう」

竹姫の耳に要求が届いていても、直接は無礼になる。鈴音が仲介した。

「許す」

「はい」

了承を得た鈴音が、襖を開いた。

「下座の中央まで参れ」

そこからは局の女中を統轄する鹿野の仕事になる。

「…………」

世津と多加が、下座の中央より、一尺（約三十センチメートル）ほど下がった位置で平伏した。

「姫さま」

鹿野が竹姫を見た。

「竹じゃ。大儀《たいぎ》である」

目上から話しかけるまで、格下の者はじっと拝跪《はいき》のままでいなければならない。

「この度、お局において御次《おつぎ》を務めまする世津でございまする」

「同じく、三の間《さんのま》を務めまする多加でございまする」

御次は局における道具や献上品を取り扱い、三の間は竹姫の居室である上の間などの掃除を担当する。どちらも目見え以上の身分になった。

「さようか。よく働け」

竹姫がうなずいた。と同時に手を振って下がれと命じた。

「姫さまにお願いがございまする」

世津が平伏したまま声を出した。

「直《じか》に願うとは、無礼であるぞ」

鹿野が叱りつけた。

竹姫に聞かせてよい話かどうかを確認するのも鹿野の役目である。

「呉服の間詰めとして、一人お召し下さいませ」

鹿野の制止をなかったものとした世津が願った。

呉服の間とは、竹姫の衣服を作ったり、着替えを手伝ったりする役目の女中で、その職務上、かなり近いところまで寄れた。

「きさまっ」

「鹿野」

無視された鹿野が怒るのを、竹姫が止めた。

「しかし、姫さま……」

鹿野が不満を見せた。

「世津と申したの」

「はい。無礼の段、重々お詫びいたしまする。なにとぞ、願いの儀、お聞き届けくださいますよう」

竹姫に声をかけられた世津が、額を畳に擦り付けたままで応じた。

「初目見えゆえ、今回の無礼は咎めぬ」

次はないと竹姫が釘を刺した。

「ご寛容ありがとう存じまする」

世津が礼を言った。

「願いは聞かぬ」

「…………」

考えることもなく拒んだ竹姫に、世津が啞然とした。

「ですが、これは姫さまのご身辺をお守りするのに、どうしても要りようなことでございまする」

「聞こえなかったのか、それとも妾の命に従えぬと申すのか」

まだ言い募る世津に、竹姫が口調を険しいものにした。

「なれどっ」

世津があきらめなかった。

「鈴音」

竹姫が鈴音へ目をやった。

「水城に申せ、女番衆をお返し申しますと。妾の言うことを聞かぬ者など、不要である」

「ただちに」

命じられた鈴音が一礼して立ちあがった。

「お、お待ちくださいませ」

世津が顔色を変えた。

「数々のご無礼、深く深くお詫び申しあげまする」

「申しわけございませぬ」

世津だけでなく、多加も謝った。

「うむ」

小さく竹姫が首を縦に振って、謝罪を受けた。

「励め」

もう一度竹姫が手を振った。

「はい」

「承知いたしましてございまする」

二人の女番衆が退出した。

「姫さま、あのような無礼をお許しになられては、示しがつきませぬ」

鹿野はまだ怒っていた。

「妾を幼年と見て取って、甘く見たあの態度は気に入らぬがの。公方さまが妾のためにと思ってくださっての配置じゃ、一度くらいで放り出すわけにはいくまい。あのていどの者さえ使いこなせないのかと公方さまに失望されたくはない」

竹姫が首を横に振った。

「それにしても呉服の間とは、考えて参りました」

鈴音が感心していた。

「御次、三の間では妾と二人きりになれぬからの」

竹姫もうなずいた。

御次の任である献上品や道具を披露するときには、局の差配をする鹿野がかならず同席する。

また、上の間や化粧の間を三の間が掃除するときは、同役数人でおこなうことになる。

「呉服の間詰めの女中も、妾と二人にはなれぬが、着付けのとき背に回る。そのとき、妾の耳に囁けば、周囲に気取られることなく、用件を告げられるであろう」

呉服の間詰めは、三の間詰めより一つだけ格上だが、御次よりも低く、竹姫の周囲に侍《はべ》られる身分ではない。いや、誰も気にしない、いてもいなくても気づかれないていどの者でしかなかった。

「要注意でございますな」

鹿野が厳しく表情を引き締めた。

山崎伊織が聡四郎に会えたのは、昼をかなり過ぎてからであった。

吉宗のもとからもう一度西の丸へ戻り、西の丸女中たちの状況を工藤右近へ伝えた聡四郎が、御広敷に戻って来たところで山崎伊織に捕まった。

「ご支配さま」

「どうした」

真剣な目つきで見つめる山崎伊織に、聡四郎は問うた。

「じつは今朝から……」

伊賀の女忍から報されたことも含め、姉小路の動きを山崎伊織が報告した。

「松島が会いに行き、その後、姉小路が書状を……」

聡四郎が難しい顔をした。

「いかがいたしましょう」

「表使は拒んだのだな」

「そのようでございまする」

確認した聡四郎に、山崎伊織がうなずいた。

「あきらめると思うか」

「いいえ」

訊いた聡四郎に、山崎伊織が首を左右に振った。

「吾もそう思う。となれば、どのような手立てを取ってくるか」

聡四郎が思案した。

「五菜は、太郎が仕切っている。表使が金で転ぶことは」

「ございますまい。上様からのご指示でございまする。それを破ったとなれば、吾が身は追放、実家は取り潰しになりまする。十両や二十両では割が合いませぬ」

山崎伊織が否定した。

「それよりも……」

最後まで言わず、山崎伊織が御広敷用人部屋のほうへ顔を向けた。

「小出どのか」

「あの御仁は、一時天英院さまに従っておりました」

名前を出した聡四郎に、山崎伊織が述べた。

「それはそうだが、あの御仁は出世をしたがっておるだけだ。今、天英院さまに付いたところで、出世はおろか、上様のお怒りを買うだけだとわかっているだろう」

聡四郎は小出半太夫が、吉宗を裏切るとは思っていなかった。

「ご出世欲だけならばよろしいのですが……小出さまはご支配さまのことを嫌っておられまする。ご支配さまの足を引っ張るためなら、無謀なまねもなさりかねませぬ」

山崎伊織が懸念を表した。

小出半太夫は吉宗が紀州から連れて来た家臣の一人であった。旗本になると同時に、新設された御広敷用人に任じられ、大奥の差配を預けられた。しかし、そこに吉宗の信頼厚い聡四郎が後から来て、次の御台所と目されている竹姫付きを命じられた。御台所は大奥の主である。その主に付いた用人が、御広敷用人の筆頭になるのは決まりのようなものである。先達として聡四郎の後塵《こうじん》を拝することになるのを危惧した小出半太夫は、なにかと反発をしていた。

「そこまで愚かではないと信じたいが、他を調べてなにも出て来なければ、小出どのを問うとしよう」

今のところ竹姫はまだ御台所ではなく、五代将軍綱吉の養女でしかない。御広敷用人としての先達をいきなり疑うのは、あまり気の進むことではなかった。

「仰せのとおりに」

山崎伊織が頭を垂れた。

「御広敷番も、懲《こ》りたであろうしな」

聡四郎が疑いの対象を変えた。

先日、長福丸の快癒祈願で五條《ごじょう》天《てん》神社へ出向いた竹姫が御広敷へ戻ったとき、御用商人らに化けた郷忍が襲いかかった。そのとき、真っ先に応戦すべき御広敷伊賀者は一人として出て来なかった。天英院の意を受けた御広敷番頭が、御広敷伊賀者に別命を与えて、遠ざけていたのだ。幸い、襲撃は聡四郎と山崎伊織、袖、御庭之者馬場の妹らの奮戦で防がれたが、その報告を聞いた吉宗が激怒、御広敷番頭は改易された。

「姉小路が月光院さま付きの上臈松島と遣り合ったという話がいささか気になる。その後で、表使ともめたのは、姉小路らしくない愚かな動きであろう。すでに己の館は上様の手の者で占められている。自ら書状を表使のもとまで持っていかなければならぬようになっているのだ。表使がなかも検めず、引き受けるはずはない。そこまで姉小路は甘くはなかろう」

聡四郎は懸念を覚えた。

「たしかに」

山崎伊織もうなずいた。

「……これは、確認したほうがよさそうだ」

「はい」

聡四郎と山崎伊織は、七つ口へと向かった。

「よいかの」

七つ口を差配している御広敷番頭へ、聡四郎は声をかけた。

「これは、水城さま。なんでございましょう」

御広敷番頭が大きく反応した。

前任者の放逐に怯えた御広敷番頭が、聡四郎の前に手をついた。

「……そこまでせずともよい」

聡四郎は極端な対応に嘆息した。

「今日、月光院さま付きの上臈松島さまの用でなにか出入りはあったか」

「松島さまでございますな。しばし、お待ちを。おい」

御広敷番頭が、配下の御広敷番へ顎をしゃくった。

「……ございました。文箱一つが昼前に出ております」

帳面を繰った御広敷番がすぐに見つけた。

「どこ宛だ」

聡四郎は声を荒らげた。

「そこまでは……」

記録は通過したものだけを記載しており、納品でもなければ誰宛、あるいは誰からを書き留めていない。

「ご支配さま、五菜に問いましょう」

「ああ」

山崎伊織の言葉に、聡四郎は同意した。

七つ口のすぐ手前に五菜の控えはある。小者以下の扱いのため、部屋は土間で中央に小さな手あぶりがあり、壁から五寸（約十五センチメートル）ほどの板が腰掛け代わりに出ているだけの質素なものであった。

「水城さま」

天英院を見張るために五菜に戻った太郎は、他の女中の仕事を受けない。ほぼ一日控えに詰めているだけであり、最初に気づいた。

「太郎か。念のために訊くが、天英院さまより、御用を承ってはおるまいな」

「いいえ。昨日も、本日も何一つ」

聡四郎の質問に、太郎が首を横に振った。

「なにかございましたので」

太郎が目を鋭くした。

「気になることがある。五菜ども、よく聞け。返答次第では鑑札を取りあげる」

御広敷用人は、御広敷と大奥を取り仕切る。聡四郎の権限で五菜の扱いはどうにでもできた。

「へいっ」

控えに残っていた五菜が姿勢を正した。

「本日、上臈松島さまの御用を承った者はおるか」

聡四郎が訊いた。

「五作《ごさく》だな。月光院さまのお館は五作の仕切りだったはずだ」

「ああ、五作がお呼び出しを喰らっていた」

五菜たちが顔を見合わせて、話をした。

「ご用人さまに申しあげまする」

その場にいたなかでもっとも歳嵩の五菜が代表して、聡四郎に答えた。

「五作がお昼ごろに、お召しを受けておりました」

「そうか。その五作はどこだ」

聞いた聡四郎が行方を尋ねた。

「まだ戻って参りませぬ」

「……まだだと申すか。今は八つ（午後二時ごろ）を過ぎたところだな。出ていったのは正午過ぎだとすると、一刻《いっとき》（約二時間）は経っていないか。誰か、五作がどこへ行ったか知っておる者はおるか」

「…………」

さらなる聡四郎の問いに、五菜たちが顔を見合わせた。

「誰も聞いておりませぬ」

歳嵩の五菜が、知らないと言った。

「待つしかないな」

「はい。探しに出たところで、江戸は広うございまする」

あてどもなくうろついたところで意味はない。

聡四郎と山崎伊織は頷き合った。

「その五作が戻ってきたら、伊賀者控えまで来るようにと申せ」

「ご用人さま部屋でなくともよろしいので」

御広敷伊賀者控えは、五菜控えとほとんど隣り合っているが、板の間張りでとても御広敷用人が待ち合わせの場所として使うものではなかった。

「少しでも早いほうがよいのだ」

「承知いたしました。戻り次第、五作に行かせまする」

焦りを見せた聡四郎に、歳嵩の五菜が引き受けた。

「うむ。頼んだ」

聡四郎は山崎伊織を伴って、伊賀者控えに移った。

「汚いところでございますが」

山崎伊織が先に立って、伊賀者控えの戸障子を開けた。

「どうした、山崎。ご支配さま」

伊賀者控えの板の間で横になっていた御広敷伊賀者が聡四郎の登場に目を剝いた。

「かまわぬ、そのままでおれ。宿直番《とのい》であろう」

聡四郎が宿直に備えて、身体を休めている御広敷伊賀者に手を振った。

「いえ」

だからといって、上司を前に寝転がっているわけにはいかない。御広敷伊賀者が起きあがった。

「すまぬな。少しだけ邪魔をさせてもらう」

聡四郎は板の間に腰を下ろした。

「山崎、あれから伊賀組に変化はないか」

「…………」

聡四郎の問いかけに、その場にいた伊賀者全員が緊張した。

「なにかあったな」

厳しい声で聡四郎が詰問した。

「あのとき、藤川に連れられて参りました鞘蔵《さやぞう》の弟が、出奔《しゅっぽん》いたしましてございまする」

鞘蔵は藤川義右衛門の誘いに乗って、御広敷伊賀者から抜けている。山崎伊織が申しわけなさそうに言った。

「弟ゆえに届け出なかったのか」

「はい」

聡四郎に言われた山崎伊織がうなずいた。これも決まりのようなものであった。幕府が把握するのは当主だけであり、それ以外についてはあまりうるさくなかった。かつて徳川家が勢力を拡大していたころは、旗本、御家人の数を揃えるため、次男、三男以下でも召し抱えた。しかし、それも五代将軍綱吉による浪費で、幕府の金がなくなると終わり、当主以外はどうでもよくなった。ましてや足軽《あしがる》扱いの伊賀者である。相続、婚姻以外での届け出など誰も求めない。

「今回はいいが、次は許さぬ。藤川はお世継ぎさまのお命を狙った謀叛人《むほんにん》である。

その戦力が増大するのを見逃してはならぬ」

「承知いたしておりまする。すでに江戸の町に、鞘蔵とその弟を探す者たちを出しましてござる」

山崎伊織が手は打ったと述べた。

「見つけても、その場ではなにもするな」

「藤川どもの宿を探るのでございますな。そのようにいたしておりまする」

聡四郎の指示を山崎伊織は予測していた。

「…………」

その後は気まずい雰囲気のまま、ときが過ぎた。

「ご支配さま。そろそろ下城の刻限でございまする」

七つ（午後四時ごろ）の鐘を聞いた山崎伊織が聡四郎に告げた。

「五菜が遅いの」

大奥は七つで出入りを終える。松島の用を受けた五菜も、もう復命できなくなった。

「よほど遠いところまで参ったのでございましょうか」

山崎伊織が首をかしげた。

「五菜はどこまで使いに出る」

聡四郎が問うた。

「どこまでという決まりはなかったはずでございまする。あまり聞いたことはございませんが……」

誰か知っていないかと山崎伊織が詰め所を見回した。

「よろしいかの」

詰め所の奥にいた老年の御広敷伊賀者が手をあげた。

「かまわぬ」

「先達から聞いたことがございまする。大奥女中の菩提寺までお供えを納めるとして、五菜が出向き、三日かかって戻って来たと」

「三日……」

老年の御広敷伊賀者の話に、聡四郎は驚いた。

「戻り次第、お報せをいたしまする。本日はもう、お帰りになられたほうがよろしいかと」

山崎伊織が勧めた。

もう、七つを過ぎた。五菜の控えも閉められている。

「そうするしかないな。では、山崎、委細《いさい》任せた」

これ以上御広敷伊賀者から抜ける者がないようにとの警告もこめて、聡四郎は山崎伊織に後事を託した。

第三章　品川の騒ぎ

一

品川《しながわ》から高輪《たかなわ》の大木戸までを縄張りに持つ顔役、切《き》り竹《たけ》の吉太郎《きちたろう》は、目の前に座っている貧相な年寄りを睨みつけた。

「てめえ、誰の許しを得て、ここまで入ってきた」

切り竹の吉太郎は、表向き品川の宿場で駕籠《かご》屋を営んでいる。土間には、客の隙を見て雲助《くもすけ》に変わるろくでもない駕籠かきがたえず十人はいる。他にも用心棒として飼っている浪人も控えているのだ。切り竹の吉太郎が認めない限り、奥まで入ってこられるはずはなかった。

「許しでございますか。そんなもの、わたくしが決めることで」

貧相な年寄りが笑った。

「誰だ」

背後に置いてある長脇差をちらと見た切り竹の吉太郎が問うた。

「お初にお目にかかりますよ。わたくしは京の木屋町《きやまち》で茶屋をやってます利助《りすけ》というもんですねん。短い間やけど、よろしゅうに」

「京の爺が何しに来た」

いつでも長脇差に飛びつけるよう、腰を浮かせながら切り竹の吉太郎が訊いた。

「いえね、京の夜は手に入ったんで、ちいと東もわいのもんにしょうかと思うて。東海道をえっちらおっちら下ってきたんですわ」

「てめえ、京の同業か」

口調を素《す》に戻した利助に、切り竹の吉太郎が目を剝いた。

「京から一番近いのが、品川の宿場。まあ、間に名古屋《なごや》とか駿河《するが》とかもおますけどな、そのへんは江戸を押さえてしまえば、あっさり落ちますやろ。それに品川は遊女をようけ抱えてるよって、儲けもでかい。江戸を締めるにも、生きていくにも金は要りますよってな。まずはここをいただこうかと」

「なに勝手をほざいてやがる。そんなこと、この切り竹の吉太郎が認めるわけねえだろうが」

飄々《ひょうひょう》と言う利助に、切り竹の吉太郎が憤った。

「しやさかい、死んで譲ってもらおうと」

「ふざけるな。おい、てめえら、さっさとこの爺を海へ捨ててこい」

切り竹の吉太郎が大声で配下を呼んだ。

「…………」

合わせるかのように、隣室との襖が開かれた。

「遅いぞ、あとで仕置きだ……」

配下が来たと思った切り竹の吉太郎が、そちらを見て絶句した。

「婿はん、終わりましたんで」

利助が入ってきた藤川義右衛門に確認した。

「とっくに終わっていたぞ」

藤川義右衛門が淡々と答えた。

「すんだんやったら、さっさとこっちへ来ておくんなはれや。年寄りばっかり働かせんと、若いもんが動いてくれんと。なにより、江戸は婿はんのもんになるんやから」

利助が文句を言った。

「すべてを吾《われ》が仕切っていいのか」

「……それは」

言い返された利助が口ごもった。

「であろう。ならば、締めくらいはやれ」

藤川義右衛門が述べた。

「ということですわ、切り竹はん」

利助が切り竹の吉太郎へと目を戻した。

「待て、待て。用心棒はどうした。五人いたはずだ」

事情が理解できていない切り竹の吉太郎が藤川義右衛門に尋ねた。

「隣で全員死んでいるぞ。見てみるか」

藤川義右衛門が後ろを指さした。

「人斬り鬼とあだ名された岩根《いわね》さんはどうした」

「どれが岩根か知らぬが、とりあえず、この屋にいた者は全部片付けたぞ」

まだ信じられないといった様子の切り竹の吉太郎へ、藤川義右衛門は告げた。

「馬鹿な。岩根さんは二十人以上を殺した人斬りだ。道場の主という剣客でさえかなわなかったの……」

「そんな遣い手はいなかったな。笹助《ささすけ》」

呆然とする切り竹の吉太郎に引導をわたすかのように、藤川義右衛門が後ろに控えている伊賀の郷忍に確かめた。

「赤子の手をひねるほうが難しいくらいでございました」

笹助と呼ばれた郷忍が応じた。

「おわかりですやろう。ほしたら……」

「金、金をくれ。三百両、いや二百両でいい。そしたら縄張りは譲る」

勝てないと悟った切り竹の吉太郎が、利助の言葉を遮った。

「ご冗談を。一度刃物を遣うだけで、手に入るとわかっているもんに金を遣うなんて、どぶへ捨てるも一緒ですがな」

利助が鼻先で笑った。

「この切り竹の吉太郎も殺す気か」

「生かしておいたら、後で復讐やとか、縄張りを取り返すとか言いだしますやろ。なにより、江戸へ入りこまれたら面倒ですねん。これから江戸の親方衆を片付けていかなあかんのに、わたしらのことがばれたら面倒になりますよってて」

顔色をなくした切り竹の吉太郎に、利助が語った。

「江戸へは足を踏み入れない。東海道を上る。命だけは助けてくれ」

切り竹の吉太郎が命乞いをした。

「あきまへん」

一言で利助が拒んだ。

「くそっ」

浮かしていた腰を跳ねさせて、切り竹の吉太郎が後ろに立てかけてあった長脇差へ飛びついた。

「このやろ……」

手にした長脇差を抜こうとした切り竹の吉太郎の喉に棒手裏剣が突き刺さった。

「…………」

苦鳴《くめい》の声も出せず、切り竹の吉太郎が死んだ。

「お見事でんなあ」

笹助の手練《てだれ》に利助が感嘆した。

「伊賀の忍ちゅうのは、ほんに強い。今まで飼《こ》うてきた浪人の全部を合わせたよりも上や」

「当たり前だ。戦国の昔から、伊賀忍者は武者百人ぶんの働きをすると言われてきたのだぞ。浪人ものていどならば、何人いようとも同じだ」

藤川義右衛門が笑った。

「なるほど。で、この品川はどうします」

利助が品川の取り扱いをどうするかを訊いた。

「義父どのに任せる。品川は江戸ではないからな。そちらで仕切ってくればいい」

あっさりと藤川義右衛門は首を横に振った。

「よろしいんかいな。品川は黙っていても月に千両は生みまっせ」

利助が藤川義右衛門の顔色を窺うように見た。

「吾が江戸を仕切る。これはまちがいないな」

「その約束ですな」

念を押した藤川義右衛門に、利助がうなずいた。

「ならば、品川は要らぬ。ここは義父どのと江戸をつなぐ場所として、信頼の置ける者に任せるといい」

藤川義右衛門は、利助がこちらを信用していないと読んでいた。品川も寄こせと言ったとき、利助が敵に回るかも知れないと藤川義右衛門は懸念していた。闇の者は疑い深い。身内でさえ信用しないのだ。闇の親分が閨《ねや》で妾《めかけ》に殺された、息子に裏切られて死んだという話はいくらでもある。

わざとうまみと京への連絡の便に優れた品川を渡すことで、藤川義右衛門は時間稼ぎをしたのだ。

「では、結納《ゆいのう》代わりとしていただきますわ」

利助が満足げにうなずいた。

「では、戻ってよいな。品川を治めるだけの手下は連れてきているだろう」

こちらから人手は貸さないと藤川義右衛門は暗に含めた。

「よろしゅうおます」

利助が同意した。

「おい」

藤川義右衛門の合図に、天井裏から三人の忍が落ちてきた。

「……なっ」

不意のことに利助が驚愕した。

「帰るぞ」

「はっ」

背を向けた藤川義右衛門に、三人の伊賀者が従った。

「……化生《けしょう》のもんが」

一人になった利助が吐き捨てた。

「娘が惚れたさかい、手駒にして江戸を牛耳《ぎゅうじ》ればもうけもんやと思うたけど、あれはあかんわ。娘はもちろん、わいでも手綱《たづな》をとれへん。どこかで始末せんとあかん、こっちが喰われてまう」

利助が深刻な顔をした。

「しゃあかて、あれではどうしようもないわ。多少腕の立つ浪人ていどでは、傷もつけられへんやろうしなあ……なんとかして、あの配下の伊賀者をこっちに取りこまなあかん」

腕を組んだ利助がうなった。

品川を出た藤川義右衛門と三人の伊賀者は、夕暮れの町を風のように進んでいた。

「よいのか」

藤川義右衛門に並んだ伊賀者が問うた。

「品川の宿場か」

「そうじゃ。月に千両から稼げるというではないか。それだけあれば、家族を伊賀から呼び寄せても十分やっていけよう」

確認した藤川義右衛門に、伊賀者が応じた。

「千両は大げさだろう。いいところ、月に六百両というところか」

「それでも十分だ」

首を振った藤川義右衛門を伊賀者が見つめた。

伊賀の国は山国で、耕作に適した農地が少なく、すべての人を養うだけの力がない。やむなく伊賀の者は、猫の額ほどの農地を耕すだけの労力を残して、他国へ出稼ぎに行くことで生きてきた。それが伊賀忍者の始まりであった。

しかし、いつも仕事があるわけでもなく、敵地への侵入など危険な任務が多いため、怪我をしたり帰ってこなかったりする者も多く、とても十分な稼ぎを得られなかった。

「おまえの言うこともわかる。だが、そううまくやっていけるはずもない」

「どういうことだ」

伊賀者が首をかしげた。

「我々は闇のしきたりを知らないだろう。どうやれば町屋から合力金を手に入れられるか、どうやって博打場を運営するか、遊女のあがりをかすめるにはなにをすればいいか、おまえは知っているのか」

「……知らぬ」

藤川義右衛門の話に、伊賀者の勢いが削がれた。

「それに品川はむつかしいぞ。なにせほとんどの客が一夜限りなのだ。女たちの気性も京や江戸と同じとは思えぬ」

「むううう」

伊賀者があえて欠点をあげた藤川義右衛門の策にはまった。

「さらに品川は、二つある。旧来からの品川宿場と最近発達してきた歩行《かち》品川だ。今日、始末した切り竹の某は、歩行品川の顔役でしかない。品川を本当に支配するつもりならば、旧来の品川宿を手にしなければならぬ」

「…………」

黙って伊賀者が聞いた。

「なにより切り竹の縄張りを黙って、品川宿場の顔役がそのまま利助に渡すと思うか」

「なるほど。品川宿場の顔役が利助に戦いを挑んでくる」

説明する藤川義右衛門に、伊賀者が手を打った。

「数日以内に、歩行品川の顔役が代わったと品川宿場の顔役は知るだろう。それが京から出張《でば》ってきた利助だともな。上方者《かみがたもの》に隣の縄張りを喰われて、品川宿場の顔役は黙っているほど甘くはなかろう。まちがいなく抗争が始まる。どちらが勝ち残るか、手打ちになるかはわからぬが、相当な被害を互いに出すはずだ。そこを……」

藤川義右衛門がにやりと笑った。

「さすがは頭領」

「畏れいる」

配下の伊賀者たちが感心した。

「わかったならば、急ぐぞ。まずは足下を固めなければな」

藤川義右衛門が配下を促した。

京から江戸に戻った藤川義右衛門は、館林藩の庇護《ひご》下から脱し、居場所も移していた。

「今までの恩があるゆえ、なにかのために教えておく」

藤川義右衛門は山城帯刀に、新しい居場所を教えていた。もちろん、これは表向きで、そのじつは裏の仕事をもらうための口実であった。

「戻ったぞ」

新しい隠れ家とした小伝馬町《こてんまちょう》の旅籠《はたご》に帰った藤川義右衛門は、留守番をしていた伊賀者の出迎えを受けた。他国者が出入りする旅籠の並んでいる小伝馬町は、見慣れぬ者への警戒が薄い。宿賃が嵩《かさ》むが、紛れるには便利なところであった。

「客が待っておる」

伊賀者が奥へ顔を向けた。

「……客だと。誰だ」

藤川義右衛門が首をかしげた。

「館林の山城帯刀と名乗った」

その伊賀者は、新たに伊賀国から出てきたということもあり、山城帯刀の顔を知らなかった。

「山城か。わかった」

うなずいた藤川義右衛門が、客間として使用している奥の部屋へと向かった。

「待たせたようだ」

「どこへ行っていた」

詫びを口にしながら入ってきた藤川義右衛門を山城帯刀が睨みつけた。

「ちと仕事にな」

藤川義右衛門がごまかした。

「で、何用か」

腰をおろした藤川義右衛門が、山城帯刀に用件を尋ねた。

「これを預かった」

山城帯刀が懐から姉小路の書状を取り出した。

「……ほう」

受け取って読んだ藤川義右衛門が、声を漏らした。

「金は」

ただ働きはしないと藤川義右衛門が山城帯刀を見た。

「ここに五十両ある」

「半金だな」

金額を告げた山城帯刀に、とても足りないと藤川義右衛門が述べた。

「なっ、百両も取る気か」

山城帯刀が目を剝いた。

「当たり前だ。京まで書状を届ける。飛脚に頼んでも三両はかかる」

東海道を江戸から京まで旅をすれば、宿泊、渡し船の代金、食費などで一両かかった。飛脚を往復させるだけで二両、これは純粋に経費であり、儲けを加えれば三両は妥当な金額といえた。

「それを伊賀者にさせるのだ。十両はもらわねばなるまい。返事がいるとなれば、その書状を江戸まで無事に運ぶ手間もかかる」

「…………」

藤川義右衛門の説明に、山城帯刀が黙った。

「まあ、それは格安で引き受けてもいい。おぬしとはまんざら知らぬ仲ではないかな。問題はこちらのほうだ」

厳重に油紙に包まれている書状を藤川義右衛門が振って見せた。

「なかは見たか」

「見るわけなかろう」

問われた山城帯刀が首を大きく左右に振った。

「であろうな。油紙にも書状の封にも、おかしな跡はなかった」

「なら、訊くな」

山城帯刀が藤川義右衛門の態度に怒った。

「念のためだ」

どこ吹く風と藤川義右衛門が山城帯刀の怒りをいなした。

「ここに書かれている……」

「止めろ」

藤川義右衛門の話を山城帯刀が遮った。

「かかわりたくはない」

そそくさと山城帯刀が席を立った。

「足りぬぶんは、後日届ける。それで縁切りじゃ。二度と会うことはなかろう」

山城帯刀が逃げるように去っていった。

「ふん。あやつもできるようになったな」

書状をもう一度読みながら、藤川義右衛門が山城帯刀の態度を認めた。

「将軍殺し……その仲介をしたと知っては終わりだ」

藤川義右衛門が書状をていねいに折りたたんだ。

二

毒を盛られた長福丸は、なんとか一命を取り留めた。

「ああうあ」

その代わり、長福丸は高熱に長期晒《さら》されたため言葉を発する能力を失った。

「……さようか」

その報告を正式に奥医師から聞かされた吉宗は、ただ一言頷いただけであった。

「よくぞ、長福丸の命を救ってくれた。褒めてとらせる」

奥医師を咎めるどころか吉宗はその尽力をねぎらった。

「追って褒美を取らせる。大儀であった」

「ははあ」

「水城をこれへ」

恐縮した奥医師が御休息の間から下がるのを見届けた吉宗が、聡四郎を呼んだ。

「参上つかまつりましてございまする」

「うむ。近江と供をいたせ」

吉宗が御休息の間から、中庭へと歩を進めた。

「…………」

御休息の間に近い中庭には、小さな池と四阿《あずまや》がある。その四阿に入るわけでもなく、吉宗は池の畔にたたずんだ。

「…………」

主君が黙っているのだ。臣下が口を開くわけにはいかない。

聡四郎も吉宗の寵臣、御側御用取次《おそばごようとりつぎ》加納近江守久通《ひさみち》も顔を見合わせるだけで沈黙を守った。

「躬はなにをしているのだろうな」

かなりのときが経ってから、吉宗が嘆息した。

「乱れた政、枯渇《こかつ》する幕府の金。このままでは徳川幕府は滅びる。ふたたび慶長《けいちょう》以前の乱世が戻る。躬はそれを防ぎ、幕府百年の計を図るべく将軍となった」

吉宗が続けた。

「武士は本来、余裕を求めてはならぬ者である。贅沢を戒め、清貧のなかで身を鍛え、いざというときに備える。それがどうだ。己の禄以上の生活を欲し、足りぬからと借財を重ねる。人のうえに立ち、導く者がそれでは、下も倣《なら》う。百姓はまだしも、商人などは金の力にものを言わせ、思うがままに振る舞う。神君家康さまが定めた秩序は崩壊した」

「……………」

聡四郎と加納近江守の二人は頭を垂れて聞いた。

「このまま武士が堕落すれば、公家の二の舞ぞ。公家ももとは力で土地を手にし、それを守ってきた。しかし、代を重ねることで子孫を甘やかし、武を他人に託した。その結果、力を持った武士の台頭を招き、公家は形だけのものへと落ちた。それが乱世の原因だ。治める者が、もっとも強い者でなければ、天下は揺らぐ。そしてその揺らぎにつけ込む者が生まれる。揺らぎを大きくし、既存の枠を破壊することで、あらたな天下人《てんかびと》になろうとする者がな」

吉宗が首を小さく左右に振った。

「乱世とは、秩序の破壊。乱世は人を殺す。そしてもっとも死に瀕《ひん》するのは、乱世を引き起こした者たちではなく、弱き民だ。躬はそれを防ぐために、もう一度幕府を強きものに戻そうとした」

「上様……」

幼いころから付き従った加納近江守が、吉宗を気遣った。

「その結果が、長福丸の今だ。天下でもっとも弱き者である子供が、躬への反発を受けた」

吉宗が慨嘆した。

「躬は将軍を望んではならなかったのか」

「…………」

重すぎる問いに、加納近江守が口をつぐんだ。

「徳川を見捨てればよかったのか。天下の乱れを見過ごせばよかったのか」

吉宗が聡四郎を見た。

「わかりませぬ」

聡四郎は首を左右に振った。

「わたくしには天下の崩壊が見えませぬ」

「…………」

答える聡四郎を、吉宗が見つめた。

「わたくしは、上様の家臣でございまする。家臣は主君の命に応じるもの。あやつを討てと言われるならばその首を獲り、京へ向かえと仰せならば数百里を駆けまする」

「それは躬にすべてを預け、己はなんの責も負わぬという逃げであろう」

吉宗が聡四郎を睨みつけた。

「はい」

聡四郎は堂々と首肯した。

「きさま……」

恥じる様子さえない聡四郎に、吉宗が怒りを露《あら》わにした。

「水城、控えよ」

あわてて加納近江守が聡四郎を抑えようとした。

「それが分《ぶん》というものでございましょう」

「分……」

止められたにもかかわらず、告げた聡四郎の言葉に吉宗が戸惑った。

「主君には主君の分、家臣には家臣の分、庶民には庶民の分があり、それを守ることで天下は廻る。わたくしはそう思っておりまする。ゆえに、わたくしは上様のご命を承って参りました。わたくしが分をわきまえず、上様のご諚に背《そむ》き奉れば、天下は乱れましょう」

「むう」

正論に吉宗がうなった。

「……水城」

少し思案した吉宗が、険しい目を聡四郎に向けた。

「そなたは躬が天下人ゆえ、子供を犠牲にするのが当然だと言うのか」

吉宗が難癖に近い文句を聡四郎へ投げた。

「長福丸さまにはなんのかかわりもございませぬ。上様のお世継ぎなればこそ襲われたには違いございませんが、それは相手が卑怯《ひきょう》未練《みれん》であっただけ。庶民の間でも子供を拐《かどわ》かすなど、人倫にもとったことをなす者はおりまする」

「長福丸が特別だとは言わぬのだな」

「申しませぬ。長福丸さまは、上様のお世継ぎとして大切なお身体ではございますが、それ以上に子供として守られるべきでございました。罪なき子供を巻きこむなど、人とは思えぬ所業《しょぎょう》。上様が将軍を望まれたからではございませぬ。天英院が鬼であっただけでございまする」

「鬼か……」

吉宗が腕を組んだ。

「その鬼に、躬はなにもできぬ」

大きく吉宗が嘆息した。

「しばらく一人で考えたい。下がれ、二人とも」

吉宗が手を振った。

「上様……」

「水城」

さらに言葉を重ねようとした聡四郎を、加納近江守が遮った。

「しかし……」

「…………」

抗《あらが》おうとする聡四郎に、加納近江守が無言で首を横に振った。

子供のころから仕えている加納近江守がなにも言わないとなれば、聡四郎も黙るしかない。

「失礼をいたしまする」

「御休息の間でお待ちいたしまする」

聡四郎と加納近江守が一礼して、吉宗のもとを離れた。

「少し付き合え」

吉宗の姿が見えなくなったところで、加納近江守が足を止めた。

「近江守さま、あのままでよろしかったのでございましょうや」

言い過ぎたかと聡四郎は怖れていた。

「そなたは問題ない。そなたに罵《ののし》られたとしても、上様はまったくお気になさらぬ」

「……………」

相手にされていないと言われたも同じである。聡四郎は鼻白《はなじろ》んだ。

「本気で、上様のお悩みを聞いてみるか」

態度で気づいたのだろう、加納近江守が脅した。

「ご勘弁願いまする」

吉宗の側近などになれば、それこそ心安まる日などなくなる。聡四郎は謝った。

「であろう」

加納近江守が笑った。

「冗談はさておき、上様のことだがな。このままではよろしくあるまい。たしかに堅固《けんご》な意志をお持ちのお方ではあるが、最近、立て続けにいろいろなことがあり、かなりお疲れのようである。そのうえ、老中どもを始めとする者どもが、なかなか上様のご真意を理解せず、足を引っ張ってばかりじゃ」

心配そうな顔で加納近江守が続けた。

「上様が折れられるとは思わぬが、このままではご負担が大きすぎ、お倒れになられるやも知れぬ」

「それはよろしくありませぬ」

加納近江守の懸念に、聡四郎も同意した。

「かといって、我らではこれ以上、上様のお気持ちを軽くできぬ」

「……はい」

寵臣二人の慰めも通じなかった。

「となれば、残るは……」

「……竹姫さまでございますな」

言いかけた加納近江守に被せるように、聡四郎は発言した。

「頼む、水城。余《よ》は大奥に入れぬ」

側近第一の加納近江守でも、大奥は別であった。

「明日、早速お願いいたして参りまする」

すでに日は陰っている。大奥へ御広敷用人とはいえ、足を踏み入れるにはいろいろと面倒な刻限になっていた。

近衛前太政大臣基凞《もとひろ》は、御所の北、今出川《いまでがわ》御門に近い邸宅で、月を見ていた。

「ええ月やなあ。屋敷の庭ごしに見る月は、嵐山《あらしやま》よりも馴染みがあるだけよいものじゃ」

近衛基凞が盃を手にした。

「江戸の月とは大違いや。あっちの月は、雅《みやび》やない」

盃を干した近衛基凞がため息を吐いた。

娘を六代将軍家宣に嫁がせた近衛基凞は、武家嫌いの看板を下ろしたかのように幕府へ近づき、何度も江戸下向《げこう》を果たした。

とくに宝永《ほうえい》七（一七一〇）年の江戸下向は、二年以上にわたって滞在、幕府に大きな人脈を作った。

「なにより東国の食いものは合わぬ」

思い出した近衛基凞が、嫌そうな顔をした。

「煮物は、黒くて辛いし……かろうじて食えたのは、魚くらいやな。京は海を持たぬゆえ、魚だけは江戸に負ける。が、あとは全部あかん。米も顎が疲れるほど固く炊きよるし、荒夷《あらえびす》はかなわん。そんなところに居続けなあかん熙子《ひろこ》はかわいそうや。かというて、今更帰って来られても困るけどな」

近衛基凞が眉間にしわを寄せた。

「御前、畏れ入ります る」

不意に近衛基凞に庭の隅から声がかけられた。

「……誰や」

近衛基凞が低い声を出した。

「驚かれぬとは、お見事なご胆力でございまする」

声が感嘆した。

「なんの力もない老いた公家をどうこうしようと考えるものなどおらんわ」

近衛基凞が苦笑した。

「幕府は……」

「するかいな。そうやな、麿《まろ》が今上《きんじょう》さまの舅《しゅうと》で、武家嫌いを公言しても放っておくやろう。今の公家は、騒ぐだけでなんもでけへんからな。よほど耳元で飛ぶ蚊のほうが、うるさいわ」

「関白《かんぱく》の座を争う、他の五摂家方は……」

「あらへんな。屋敷に忍びこんで麿を害せるだけの忍を雇うほどの金もないし、伝っ手《て》もないよってな」

すっかり緊張を解いた近衛基凞が、普段の口調に戻った。

「なんともはや」

声があきれていた。

「で、なんや。月を見ての盃を邪魔するだけやったら、帰れ」

近衛基凞がふたたび盃に酒を満たした。

「御前に参上いたしても」

「来るな、言うたら帰るんか。無駄なことを訊くな」

許可を求めた声を、近衛基凞があしらった。

「申しわけございませぬ」

詫びた声が、近衛基凞のすぐ前でした。

「おっ、そちは忍か」

さすがの近衛基凞も驚いた。

「ご無礼をいたしました」

平蜘蛛《ひらぐも》のように黒装束に身を包んだ伊賀者が這いつくばった。

「まあええわ。もうちょっとで酒をこぼすとこやったけどな。こぼしてたら許さへんが」

盃を近衛基凞が干した。

「で、なんや」

「こちらを」

顔を地面に伏せたままで、伊賀者が器用に懐から書状を出して見せた。

「手紙か……」

乱雑に封を切ると、近衛基凞が月明かりを頼りに読み始めた。

「……なんぞ、伝言はあるか」

読み終えた近衛基凞が、伊賀者へ問うた。

「ございませぬ」

伊賀者はただの飛脚だと応じた。

「そうか。ということは裏はなしか」

手紙は落とすことも奪われることもある。あるいは書き残して後々の証拠となっても困るときもある。大事なことは口頭で伝えるのが一種の決まりでもあった。

「裏なしでこれか。そうかそうか。吾が娘をそうしたか」

近衛基凞の声音が、言うたびに平坦になっていった。

「…………」

その迫力に伊賀者が圧せられた。

「この麿を敵にして、戦いを望んだか、吉宗」

低い声で近衛基凞が述べた。

三

将軍を殺す。

「どうするか」

あれ以降、藤川義右衛門は朝から晩まで手立てを思案していた。

「そのへんの商人や武士を殺すのとは意味が違う」

藤川義右衛門が目を閉じた。

「大名ならば、簡単だ。屋敷の奥に引きこもっていても、なんの問題もない。今どきの大名家で忍を抱えているところはまずない」

「上杉《うえすぎ》の軒猿《のきざる》、前田《まえだ》の白山修験《はくさんしゆげん》、島津《しまづ》の捨てかまり、伊達《だて》の黒はばき、尾張の土井《どい》下《した》、紀州の根来《ねごろ》というところか」

先日、組を脱けた鞘蔵の弟、半助《はんすけ》が指を折った。

「そんなところだろう。家康は忍の価値を知っていたからな。できるだけ徳川に抱えこみ、諸大名には渡さなかった」

藤川義右衛門がうなずいた。

「ただ家康は、忍の価値を知っていながら、遇《ぐう》しかたを知らなかった。忍を足軽と同じ身分にしてしまった」

「まさに」

半助が同意した。

「それが忍の使いかたを失伝させてしまった。代が下るにつれ、将軍は忍を忘れた。当たり前だな、足軽のことを大将が知っているはずなどない。大将は、その下で支える将を知り、使いこなせばいい。それで戦には勝てる。だが、それでは天下は取れぬ。天下を取るには、今戦っている敵の先を知らねばならぬ。それができるのは忍だけ。徳川家は忍の代表を将にすべきであった」

藤川義右衛門が断じた。

「服部《はっとり》家は八千石をもらっていたのだろう」

半助が異論を唱えた。

「服部半蔵《はんぞう》は忍ではない。あやつは伊賀の郷を捨てて、武士になろうとした半端者《はんぱもの》だ」

郷忍の一人が吐き捨てた。

「たしかに服部半蔵は、槍の半蔵として名をなした」

藤川義右衛門も同意した。

「ただ伊賀の出だということで、伊賀組を預けられただけにすぎぬ。服部半蔵は伊賀組の頭ではない。ただの旗本だ。だからこそ、二代目は伊賀者を小間使いだと思いこんで、馬鹿をした」

小さく藤川義右衛門が首を左右に振った。

幕府伊賀組を預けられた服部家は、初代はなにもせず、二代目は伊賀組を預けられただけと思わず、家臣以下の小者として扱った。雑用をさせたり、見目麗《うるわ》しい女が伊賀組にいると聞けば、人の妻であろうが娘であろうが無理矢理閨《ねや》に連れこむなど、したい放題をした。最初は耐えていた伊賀者も、限界がくる。とうとう辛抱しきれなくなった伊賀者は、組屋敷から逃亡、四谷長善寺《よつやちょうぜんじ》に立てこもった。

「二代目服部半蔵を罷免《ひめん》、伊賀者を同心《どうしん》から与力《よりき》へとあげてくれ」

待遇改善を求めた伊賀者を幕府は攻めた。これを認めれば、他の者も不満が通るとして、立てこもりを始めてしまう。一罰百戒、数千の旗本を動員した幕府によって、伊賀者は抵抗むなしく敗退、一つだった伊賀組は四つに分裂、より厳しい扱いになった。服部家が改易《かいえき》になり、二代目服部半蔵が追放になったことだけが、唯一の救いであった。

「まあ、昔の話はいい。問題は、どうやって将軍を殺すかだ」

最初のところへ、藤川義右衛門が議論を戻した。

「城を出るのを待てばいいのではないか。将軍は鷹狩りを好むだろう」

郷忍が提案した。

武士は質素で武芸に通じていなければならないと考えている吉宗は、野山を駆けまわり獲物を追う鷹狩りをよくおこなっている。

「いや、外ほど警戒は強くなる。そうだな、半助」

藤川義右衛門が御広敷伊賀者から抜けてきた半助に問うた。

「ああ、伊賀組だけでなく、庭之者《にわのもの》も出る」

「鷹場《たかば》に数日前から忍んでいればよかろう。結界のなかに入ってしまえば、さほどの難事ではあるまい。近づくのを待って吹き矢を使ってもいいし、火薬を仕掛けておいてもいい」

郷忍が、最初から懐に入れれば、外へ向かった警戒からは逃れられると言った。

「鷹場には餌差《えさし》が数日前から入っている」

半助がだめだと否定した。

「鷹の餌になる雀《すずめ》や目白《めじろ》を捕るのが仕事の餌差が、なにほどのものだと」

郷忍が鼻先で笑った。

「あやつらも忍だ」

「なんだと……」

藤川義右衛門の言葉に郷忍が目を剝いた。

「さきほど、忍の名前を出しただろう」

「ああ、上杉の軒猿、伊達の黒はばきとかだろう」

言われて郷忍が繰り返した。

「そのなかに、入っていなかった忍があろう」

「戸隠《とがくし》、真田《さなだ》の歩き巫女《みこ》、毛利《もうり》の世鬼《せき》、箱根《はこね》の風魔《ふうま》といったあたりか」

郷忍が思いつくままを口にした。

「真田の歩き巫女は消滅した。戸隠は細々と流派をつないではいるようだが、どこかに仕えているというわけではない。世鬼も毛利との縁は切れているはずだ」

他流の忍の情報は重要である。伊賀の郷では、できるだけ調べるようにしていた。

「……風魔か」

京に近い伊賀は、東国に疎《うと》い。そのなかで行方のわかっていない風魔に郷忍が思い当たった。

「そうだ。鷹匠配下の餌差は風魔の流れだ」

「まちがいないのか。風魔は北条《ほうじょう》の滅亡とともに姿を消している」

北条氏に仕え、箱根をその住処《すみか》にしていた風魔忍者衆は、豊臣秀吉《とよとみひでよし》の小田原《おだわら》攻めを受けて四散、その後どうなったか、はっきりしていなかった。

「北条氏の後を受けた徳川家康が、探し出したと言われている。江戸に出てきた伊賀組が調べあげたようだ」

藤川義右衛門が続けた。

「風魔は表に出せなかった。その理由は当時の天下人豊臣秀吉に逆らった者だったからだ。実質戦いにならなかった北条攻めで、秀吉の本陣に被害を与えたのだ、風魔は。秀吉は危うく風魔の手で殺されるところだったらしい。当然、秀吉は激怒した。そんなときに風魔を抱えたと知られてみろ。徳川といえども、ただではすまぬ」

「なるほど。表に出せぬから、かりそめの身分として鷹狩りの餌差をさせたのか。風魔ならば関東の野山を知り尽くしている。まさに適役であったな」

郷忍が感心した。

「餌差は将軍の鷹の餌を司《つかさど》る。そのための小鳥を捕まえるのが任だ。しかし、鳥は空を飛び、どこにでもいく。それを追うのが餌差」

「大名屋敷であろうが、城であろうが、出入り自在か」

藤川義右衛門の説明に郷忍が手を打った。

「そうよ。誰も将軍のお鷹さまの食事を邪魔はできぬ」

藤川義右衛門もうなずいた。

「餌差が忍であった証拠がある。五代将軍綱吉公のときだ。生類憐れみの令を出した幕府が、鷹を使って狩りをするのはよろしくないと、鷹匠を廃して、鷹は伊豆の島で放たれた。しかし、餌差はそのまま残った。餌差こそ、生類憐れみの令にもっとも反した役目であろうにな」

「むうう」

郷忍がうなった。

「鷹狩りの場は餌差の庭だ。そこに忍び、吉宗が来るまで待つ。できると思うか」

「……できぬ」

あらためて藤川義右衛門に問われた郷忍があきらめた。

「となると、江戸城中へ忍びこまねばならぬ」

半助が難しい顔をした。

「江戸城には内郭《うちぐるわ》に甲賀《こうが》の結界が、表御殿に伊賀の結界がある。そして吉宗の周囲には庭之者が警固に付いている」

「三重……」

郷忍も苦く頬をゆがめた。

「結界は破るのよりも、他に知られるのが面倒だ」

忍の守り、結界はそこに入りこんだ者を排除するだけでなく、入りこまれたことを次の結界に報せる役目も持っている。

「一つ目の結界を破るのはできるが、次に知られてしまうと待ち構えられる」

不意を突くのが忍の得意技である。襲撃があるとわかれば、十分な警戒をされてしまい、その利を失う。

「地の利はあちらじゃ」

藤川義右衛門も腕を組んだ。

「先日のあれがなければの」

「一度入っているから、厳しくなっているはずだ」

半助と藤川義右衛門が顔を見合わせた。

先日、天英院の依頼で藤川義右衛門以下の忍が、長福丸の命を奪いに江戸城へと侵入した。そのとき、藤川義右衛門が陽動となり、騒動を起こしている。

御庭之者と御広敷伊賀者の面目を潰したのだ。二度とそのようなことがないように警固の体制は厳しく見直されているはずであった。

「放置してはいけませぬのか」

若い郷忍がおずおずと言った。

「金をもらったからな」

藤川義右衛門が駄目だと応じた。

「闇の決まりだ。受けた仕事はなにがあっても果たす。どうしてもできない場合は、できるところに任せるか、決めた金の倍額を支払って許してもらうか」

「できるところなどありませぬぞ」

他の闇を仕切る親方など、せいぜいが無頼か、浪人あがりである。とても江戸城へ入りこむことなどできなかった。

「倍額を返すにも、そんな金はないぞ」

山城帯刀から請け負った金額は百両、倍となれば二百両にもなる。

「京の親方に借りては……」

郷忍が言いにくそうな顔で提案した。

「弱みを握らせることになる。ここでの借りは、かならず後で響いてくる。どこかの縄張りを手にしたとき、あるていど勢力が大きくなったとき、かならず利助は貸しを取りに来る。利子をたっぷりとつけてな。品川を譲ったのだ。これ以上退いては、こちらがやっていけぬ」

藤川義右衛門が提案を否定した。

「八方塞がりでござるな」

半助もため息を吐いた。

「断ればよかったものを」

誰かが愚痴を漏らした。

「馬鹿を言うな」

藤川義右衛門が聞きとがめた。

「これだけの人数がいるのだぞ。どうやって食うのだ。食うだけではない。手裏剣などの消耗を補うにも金が要る」

「……」

叱られた伊賀者がうつむいた。

手裏剣は鉄の塊である。だけに製作には金がかかった。伊賀者は最初に使った手裏剣はできるだけ回収するようにと、教えられるほどであった。

「幸い、いつまでにとの期限はない。いい手立てを思いつくまで、まずはどこぞの縄張りを手にすることから始めよう」

難問は一度棚上げだと、藤川義右衛門が告げた。


吉宗の苦悩を解けなかった聡四郎は、翌朝、急いで御広敷へ出務した。

「下《しも》の御錠口《おじょうぐち》を開けてくれ」

聡四郎は御広敷用人部屋に入ることなく、隣の伊賀組番所へ駆けこんだ。

「はっ」

伊賀組番所には、御広敷伊賀者組頭の遠藤湖夕《えんどうこゆう》がいた。遠藤湖夕は理由も問わず、下の御錠口を開き、大奥側の御錠口へと声をかけた。

「御広敷用人水城聡四郎どの、御用ありでござる」

「承った」

遠藤湖夕の呼びかけに、大奥側の御錠口番が応じた。

「ご用件を」

大奥側の御錠口が少しだけ開けられ、そこから何の用かを下の御錠口番が問うた。

「竹姫さまに御拝謁《はいえつ》をたまわりたし」

聡四郎は竹姫への目通りを求めた。

大奥総目付《そうめつけ》という役目を吉宗から与えられたとはいえ、これはまだ正式なものではなかった。緊急の場合以外で大奥出入り勝手の権を使うのは、反発を受ける。

「お伺いして参るゆえ、しばし待たれよ」

といったところで、聡四郎の力は大きい。吉宗と竹姫、両方から信用されているのだ。大奥女中が嫌がらせをできる段階ではなくなっている。すぐに、下の御錠口番が動いた。

「水城さま」

遠藤湖夕が聡四郎の後ろに控えた。

「随分と気色が悪いように見受けられまするが、なにかございましたので」

大奥にかかわることならば、警固担当の御広敷伊賀者を束ねる者として、知っておきたいと遠藤湖夕が尋ねた。

「知るな。大奥になにがあるといったものではない」

聡四郎が拒んだ。

「僭越《せんえつ》を申しました」

すっと遠藤湖夕が引いた。

「遠藤、大奥の警固に穴はないだろうな」

今度は聡四郎が問うた。

「先日のように、藤川に誑《たぶら》かされる者が出るようでは話にならぬぞ」

敵になったはずの藤川義右衛門と戦っていた御広敷伊賀者の一部が、その勧誘に落ち、江戸城を去っていた。

「あのようなことは二度とございませぬ」

遠藤湖夕の声が固いものになった。

最初、御広敷用人として赴任した聡四郎を根拠のない妄想で襲い、藤川義右衛門が組頭を追放されたにもかかわらず、それに呼応して警固の任に就いていた伊賀者が寝返る。一度目の失策で、御広敷伊賀者は大きな処罰を吉宗から受けた。それで心を入れ替えたはずの御広敷伊賀者から造反者が出た。

今は長福丸の一件で吉宗に余裕がなく、なんの処罰もされてはいないが、このまますむはずはなかった。

「御広敷伊賀者の総力を結し、藤川に一味する愚か者どもを討ち果たしまする」

決意を遠藤湖夕が口にした。

もともと遠藤湖夕は、御広敷伊賀者ではなく、江戸城の退き口《のぐち》を守る山里郭伊賀者であった。最初の造反で御広敷伊賀者が粛清されたあと、再建を託されて異動してきた。それだけに失敗は許されない。

「大奥に、藤川を二度と入れるな」

「もちろんでございまする」

聡四郎の命に、遠藤湖夕が強くうなずいた。

「御広敷用人どの、竹姫さま、お目通りを許すとのことでござる」

そこへ下の御錠口番の女中が声をかけた。

「かたじけなし。御広敷座敷にまで通る」

御広敷用人と大奥女中の面談は、下の御錠口を入ってすぐの御広敷座敷でおこなわれるのが通常であった。

「お局まで参るようにとの仰せでござる」

「……お局まで」

局は竹姫の住んでいるところだ。担当の御広敷用人ならば、館あるいは局へ直接出向けるが、滅多に許可はでなかった。

「承知」

聡四郎は無駄な遣り取りをせず、下の御錠口を渡った。

下の御錠口から竹姫の局まではかなりある。その間を聡四郎一人で行かせるわけにはいかない。さらに一人の女中だけでは、不義密通を疑われる。

聡四郎の前に一人、後ろに二人の御錠口番の女中が付いていていた。

「男がなぜ……」

正面から歩いてきた松島が、聡四郎に気づいて足を止めた。

「不浄な男が、奥まで来るなど」

松島が聡四郎を目に入れないよう、横を向いた。

「松島さま、御広敷用人どのは、竹姫さまのお召しでお局まで参られまする」

「竹姫さまのお局……ということは、水城か」

先導役の御錠口番に聞かされた松島が、逸らしていた目を聡四郎へと戻した。

「水城聡四郎でございまする。松島さまにはご無礼を申しまする」

「お、おう」

頭を下げられた松島が、あわててうなずいた。

「なにをしに竹姫さまの局へ参る」

松島が問うた。

「お話しできませぬ」

聡四郎は拒んだ。

「月光院さまの補佐をする妾にも話せぬのか」

「あいにくと」

権威を持ち出した松島へ、聡四郎は首を横に振って見せた。

「天下を揺るがしかねぬ問題でございますれば」

吉宗の気分が沈んだままだと改革は滞る。どころか、下手をすれば尾張徳川の連枝通春《みちはる》あたりに将軍を譲ると言い出しかねない。そうなれば、天下は大騒動になる。

「……天下の」

言われた松島が顔色を変えた。

「おかかわりになられぬほうが、月光院さまのためでござる」

「わ、わかった」

さらに重ねた聡四郎の警告に、松島が首を何度も縦に振った。

「では、御前御免」

断って聡四郎は松島の前をよぎった。

「……………」

聡四郎の姿が見えなくなるまで、松島は固まっていた。

「お方さま」

松島の供をしていた女中が、怪訝《けげん》そうな顔をした。

「まさか、妾が姉小路の手伝いをしたことが……」

松島が呟いた。

「お方さま、なにか仰せでございまするか」

女中が、少し大きな声で尋ねた。

「い、いや、なんでもない。局に戻るぞ」

大きく首を左右に振りながら、松島が背を向けた。

四

竹姫の局に着いた聡四郎は二の間で、待たされた。

「お成りである」

鹿野が上段の間との襖を開いた。

「姫さま、お願いがございまする」

いきなり聡四郎は挨拶抜きで、用件に入った。

「これ、無礼であろう」

竹姫のご機嫌伺いさえもしない聡四郎に鹿野があきれた。

「よい、水城がそこまで焦るだけのことなのだ」

小さな手を上げて竹姫が鹿野を制した。

「続けよ」

竹姫が促した。

「上様が……」

「なにがあった、水城」

吉宗の名前が出た途端、竹姫の顔色が変わった。

「お他人《ひと》払いをお願いいたしたく存じまする」

ちらと周囲を見た聡四郎が、願った。

「わかった。付いて参れ。化粧の間へ行く。鹿野、鈴音、袖、供をいたせ。他の者は、上段の間より足を踏み入れてはならぬ」

すぐに竹姫が応じた。

「お待ちくださいませ。男を化粧の間に連れこまれるなど、とんでもないことでございまする」

二の間の隅に座っていた世津が、反対した。

「よい。妾が許したのだ」

「では、せめてもう一人警固の者をおつけくださいませ。多加」

後ろに控えていた女番衆に世津が声をかけた。

「はっ」

多加がうなずいて、立ちあがろうとした。

「控えよ」

鹿野が叱りつけた。

「姫さまが、すでに人を選ばれておられる。それに不足を言い立てるつもりか」

「不足など……」

世津が否定した。

「ならば、黙っておれ」

冷たい顔で、鹿野が命じた。

「水城、来よ」

竹姫は鹿野と世津の遣り取りを相手にせず、すでに化粧の間の襖際まで行っていた。

「ただちに」

聡四郎も続いた。

「わたくしはここで」

化粧の間入り口襖際で、袖が腰を据えた。盗み聞きを警戒するためであった。

「さて、公方さまになにかあったのか」

竹姫が気もそぞろに問うた。

「じつは、昨日……」

聡四郎は吉宗の様子を語った。

「……なんと、おいたわしい」

聞き終えた竹姫が、袖で目を覆った。

「お世継ぎさまのことで、そこまでお心を傷めておられるとは……」

竹姫も泣いた。

「お願いをいたしまする。どうぞ、上様をお慰めくださいませ」

聡四郎は竹姫しかいないと平伏して願った。

「わかった。妾もできうるかぎりのことをいたす」

竹姫が強く首肯した。

「しかし、子をなしておらぬ妾では、公方さまのお心に響かせることはできぬ」

続けて力なく首を横に振った。

「……姫さま」

聡四郎はなんとも言えなかった。

「紅どの力を借りたい」

不意に竹姫が紅の名前を出した。

「……紅を、でございますか」

聡四郎は一瞬、理解ができなかった。

「そうじゃ。今の公方さまをお慰めするだけなら、妾で足りる。いや、他の者にその役目は渡さぬ」

竹姫が吉宗を癒すのは己の仕事だと言い切った。

「しかし、今回のことで公方さまをお支えすることは、子を産んだことがないどころか、女としてできあがってもいない妾には叶わぬ。鹿野も鈴音も袖でも無理じゃ。誰も男を知らぬ。男がなにを欲しているかがわからぬ」

「…………」

紅の男である聡四郎としては、反応に困った。

「なにより子持ちがおらぬ」

「紅もまだ子供を産んでおりませんが」

そろそろ臨月に近いとはいえ、まだ紅のお腹に子供はいた。

「子持ちと一緒じゃ。何カ月も腹のなかにややを抱えておるではないか」

否定した聡四郎に、竹姫があきれた。

「ですが……」

「ともあれ、妾と共に公方さまの助けになっておくれ。頼む」

渋った聡四郎に、竹姫が頭をさげた。

「姫さま……」

聡四郎はあわてた。吉宗の想い人に頭をさげさせたなどと知られれば、面倒ごとが降りかかってくる。

「わかりましてございまする。立ち返りまして、そのように手配をいたしまする」

聡四郎は折れた。

「できるだけ早いほうがよい。明日の朝にでも登城してくれるようにと紅どのへな、お願いをしてくりやれ」

「はい」

繰り返した竹姫に、聡四郎は首肯した。


江戸城を出た聡四郎は、大手前広場で師入江無手斎と落ち合った。

「お帰りなさいませ」

「勘弁してください、師匠」

慇懃な態度を取る入江無手斎に、聡四郎は情けない顔をした。

「なにを言うかの。儂はもう道場主ではなく、水城家の家士じゃぞ」

入江無手斎が、笑った。

「師は家士ではなく、食客《しょっかく》のつもりでおりまする」

食客とは主従ではなく、世話をしている者と世話をされている者といった感じの柔らかい関係をいう。

衣食住を保障されているが、食客は主の指示に従わずともよく、気に入らなければいつ出ていっても問題にはならなかった。

「犬でも三日飼えば、恩を忘れぬというであろう。儂は忘恩の徒ではない。受けただけのものは返す」

入江無手斎が真剣な顔をした。

「師……」

「もっとも、そなたへの恩は、弟子時代を合わせれば、まだ貸しこしているがの。奥方さまへの借りが大きすぎて、吾が生涯では届くまいがな」

固い表情を、入江無手斎がやわらげた。

「とんでもない」

「帰るぞ。大手門前で言い合うなど、よい見世物じゃ」

まだ反論をしようとした聡四郎を無視して、入江無手斎が背を向けた。

「…………」

聡四郎は鼻白んだ。

「お帰りなさいまし」

屋敷に着いた聡四郎を思わぬ人物が迎えてくれた。

「伊之介《いのすけ》どのではないか」

聡四郎は驚いた。

伊之介は、紅の父相模《さがみ》屋伝兵衛《でんひょうえ》のもとで長く働いた後、出身地である品川へ戻って、旅客相手の茶店を開いた人物であった。

聡四郎が初めて京へ上ったときに、道中のこと一切を司り、旅のいろはを教えてくれたのが伊之介であった。

「お邪魔をしておりまする」

「いやいや、こちらこそ無沙汰をしている」

頭をさげた伊之介に、聡四郎は手を振った。

「相模屋どののもとへ来られたのか」

品川からわざわざ伊之介が出てくるとなれば、用件は相模屋伝兵衛と会うためだろうと、聡四郎は推測した。

「いえ、今日は相模屋の旦那にではなく、水城さまにお目通りをしたく」

「拙者に会いに来てくれたのか。それはありがたし。まま、奥でゆっくりお話などいたしましょうぞ」

聡四郎は歓迎すると言った。

「畏れ多いことでございますが、最初にお伝えしておきたいことがございまする」

伊之介が表情を引き締めた。

「伺おう」

よほどのことがあると聡四郎も緊張した。

「じつは、先日、品川でみょうなことがございました」

伊之介が話し始めた。

「歩行品川の顔役が代わった……」

「さようで。代々顔役を務めていた切り竹の吉太郎という無頼が行き方知れずになりまして、その後を見たこともない老人が引き継いだと」

「見たこともない……それは珍しいな」

顔役というのは、いきなり出てきたところで、縄張りにいる者たちがそれを認めなかった。

力にしろ、金にしろ、なにかしらのものを見せつけなければ、他人は言うことを聞かないのだ。

「切り竹の吉太郎というのは、どういった男であった」

「まあ、ろくでもないやつでございましたが、代々縄張りを受け継いできていたので、あまり馬鹿はしませんでした。仕切りの金とか、合力金とか、理由は付けて取りに来てましたが、商売さえまともにやっていれば、払いきれる金額でございましたし、いきなり暴れ出すようなまねもしませんでした」

伊之介がそれほどの悪人ではなかったと答えた。

「ふむ。それがいきなり代わったのは気になるな。若かったのだろう」

「四十歳をこえたかどうかというところであったかと」

「引退は考えられんな。で、その新しい顔役というのはどういった者だ」

聡四郎は質問を続けた。

「上方の者のようでございました。かなり癖のある訛《なまり》で、あれは大坂か、京の者ではないかと」

伊之介が告げた。

「京の者……」

嫌な予感を聡四郎は持った。

「要求はなんであった」

聡四郎が口調を固いものにした。

「本日より、上納金を集めると」

「上納金が増えたのだな」

聡四郎は悟った。

「はい。従来の倍になりました」

「倍とはやりすぎだ。交代したばかりのときは、減額して人気を集めるものだろう」

縄張りは金を生むが、そこに住んでいる者の反感を買えば、人がいなくなったり、敵対する者を引き入れたりして、かえって維持が難しくなる。

「逆らえば、殺すと」

「いかに品川とはいえ、それでは通るまい。代官も金でかたのつく間は放置するだろうが、人死にが出てはそうはいかぬ」

聡四郎は首をかしげた。

「それが、切り竹の吉太郎のように、誰にも知られず、殺すことができると」

「誰にも知られず……忍か」

伊之介の説明に、聡四郎は思いあたる相手がいた。

「承知した。いろいろ手を回してみよう」

聡四郎は伊之介へうなずいて見せた。

「助かりまする」

伊之介が礼を述べた。

「今日は、泊まっていかれよ。今から帰られては、品川へ着く前に暗くなってしまう。それでは危ない。なにより紅も喜ぶ」

口調を戻して、聡四郎が勧めた。子供だった紅の面倒を見てくれた伊之介は、水城家にとって親戚のようなものであった。

「では、お言葉に甘えまして」

伊之介が頷いた。


積もる話などをして夕餉を終え、伊之介が用意された別室へ下がった。

「元気そうでよかった」

老年となった伊之介がまだまだ元気な様子に、紅は安堵していた。

「義父上《ちちうえ》もご壮健である。やはり働いている者は強いな」

聡四郎は紅の実父江戸城出入りの人入れ屋相模屋の主伝兵衛を思い出した。

「そろそろ店を誰かに譲って、隠居してもいいのにね」

一人娘だった紅を聡四郎のもとへ嫁がせた相模屋伝兵衛は、一人で店を切り盛りしている。

「我らの子に継がせるとしても、かなり先だしな」

聡四郎が紅のお腹を見た。

「……ありがとう」

武家が商家に子供を渡す。御家人ならばまだしも、五百五十石でお歴々といわれる家柄ではありえないことだ。平然と口にした聡四郎に、紅がうれしそうに礼を言った。

「でも、そういうわけにはいかないでしょ。わかってる、わたしは一応、将軍さまのお姫さまだから」

紅が否定した。

「生まれた子供が女だったら、大名家へお輿入れとなっても不思議ではないのよ。もちろん、そんなことはさせないけど」

「奥なんぞに、娘は入れられぬ」

大名の妻となるとそこの奥を司ることになる。大奥で女たちの争いを見た聡四郎は、娘ができても決してそんな苦労をさせるつもりはなかった。

「で、なにかあるんでしょ」

紅が聡四郎の顔を見つめた。

「わかるか」

「他人にはわからないでしょうけど、ちょっと表情が曇ってるわ。竹姫さまのことかしら」

確認した聡四郎に首肯してから、紅が訊いた。

「じつはな……」

聡四郎が吉宗の苦悩と竹姫の依頼を紅に語った。

「あの上様がねえ」

聞いた紅が驚いた。

「まあ、そのほうが人らしくていいわ。上様は無理しすぎだもの。これからは竹姫さまに頭を撫でてもらうべき」

「おい、それは……」

将軍の頭を女が撫でる。さすがにそれはまずい。

「なに言ってるの。男は女のお乳を吸って大きくなったんだからね。大人になったからと照れて辛抱するから、そうやってしんどくなるの」

紅が聡四郎の抗弁をほほえみであしらった。

「…………」

「任せなさい。上様の悩みごと、竹姫さまと二人で晴らしてみせるから」

黙った聡四郎に、嫁入り前のお俠《きゃん》な紅が再臨した。

第四章　長袖の変

一

朝廷にとって、なにより大事なものは朝議である。

しかし、天下の政を決め、誰を何の役目に就けるかを話し合う場であったのは、はるかいにしえの話となり、今や朝議は公家たちが愚痴を言い合うだけの場所になっていた。

「御所はん、お客はんどす」

朝議の日の早朝、二条内大臣吉忠《にじょうないだいじんよしただ》は不意の来客に驚かされた。

「誰や、こんな早《はよ》うに」

二条吉忠があきれた。

「近衛はんでっせ」

家宰《かさい》が告げた。

「前《さき》の太政大臣か。何しに来たんや」

嫌そうな顔を二条吉忠が見せた。

「お断りしますか」

「できるわけないやろ。近衛に睨まれたら、麿の未来《さき》がなくなるわ」

幕府と長く蜜月を続けた近衛基凞の権力は大きい。どう言いつくろったところで、公家たちの禄は幕府から支給されている。幕府を敵に回せば、禄を減らされる、あるいは、取りあげられかねない。将軍の代替わりがあったとはいえ、それまでの間、近衛基凞が幕府との間に築きあげてきた繋がりは、かなり大きなものであった。

「通せ」

面倒くさそうな態度で、二条吉忠が頷いた。

「早《はよ》うから、すまぬの」

口ではそう言いながら、悪びれた風もなく近衛基凞が書院に顔を出した。

「前の太政大臣どのならば、いつでも歓迎いたしますぞ」

愛想笑いを浮かべて、二条吉忠が迎えた。

「早速やがな、用件に入らせてもらうわ」

「ずいぶんと急いではりますな」

早朝から来たにもかかわらず、急いでいる近衛基凞に、二条吉忠が怪訝な顔をした。

「他にも廻らなあかんよってな」

近衛基凞が告げた。

「……なんですやろう」

二条吉忠がことの重大さに気づいた。

「先日、江戸から旗本が来たやろう」

「一条《いちじょう》と清閑寺に用があった輩ですかいな」

近衛基凞の言うのが誰か、すぐに二条吉忠が気づいた。

「そうや。あやつがなにをしにきたかもわかってるな」

「清閑寺の娘を嫁に欲しいという話やと聞いてますが」

二条吉忠がうなずいた。

「勅許を願ってきたのだ」

「……勅許とは、ちと厚かましい」

天皇の許しを得てしまえば、誰からも文句は出ない。というより出せなくなる。それを吉宗は狙った。

吉宗が勅許を求めたのは、相手となる竹姫が十三歳なのだ。吉宗が三十四歳と二十歳離れている。これが初婚ならば、家と家との婚姻ということで、話は進められるだろう。しかし、吉宗は再婚、竹姫も婚姻はしていないが、二度婚約まですませている。しかも二度とも嫁入り前に婚約した相手が亡くなるという悲劇だった。

「将軍の御台所に、他の男との婚約歴がある者は、いささか……」

「婚姻を約した者が二人とも死んでしまったのでござろう。そのような縁起の悪い女は、将軍家の御台所にふさわしくはありませぬ」

験《げん》を担いで認めない者も出てくる。

なによりも将軍の正室は、五摂家あるいは宮家、内親王家から迎えるという慣例にも反する。

「月のものも見ておらぬような子供を、継室に迎えられずとも、他にいくらでも側室は探せましょう」

こう言われるのがもっとも堪《こた》える。

将軍が継室を求めるのは、好きだ嫌いだという感情ではなく、子供をもうけるという目的、あるいは朝廷との関係改善など、なにかしらの目的が要る。

天下の政を恣《ほしいまま》にする将軍なのだ。その行動すべてに人々の興味は向き、なにかしらの意味があると考える。

「竹姫に一目惚れした」

これは天下の理由にならない。

将軍も男である。しかも三十歳をこえたばかりで、男盛りなのだ。女を欲しくなっても当然であった。また、よほどでなければ、どの女でも手にすることができる。気に入った女を側室として大奥へ迎えるのに、支障はない。

しかし、将軍に好き嫌いは許されなかった。

天下人といえる将軍だけに、あまり勝手なまねを押し通すわけにはいかない。将軍が無理を通せば、それを利用しようとする者も出てくる。

将軍は天下一の権力者でありながら、もっとも我慢をしなければならない男でもあった。

その支障すべてを一掃するのが勅許であった。

名ばかりとはいえ、天皇はこの国でもっとも偉い。天皇の命令は勅として、かならず果たされなければならず、勅許があればどのような罪であろうとも許される。

勅には将軍といえども逆らえない。

それだけに勅許は滅多に出されなかった。出せばそれは決定になるというのもあるが、万一、勅が通らなかったときが、問題になる。天皇の面目を潰すというていどですむ問題ではなくなり、権威の失墜を招き、秩序の崩壊を意味してしまう。

当たり前だが、勅許を出してもらうには、十全な用意をしなければならなかった。天皇への嘆願よりも、御所の奥深くに座し、外へ出ることもない世間知らずな天皇に、いろいろな助言をする公家たちをまず落とさなければならない。

「お許しあられてよろしかろうと」

天皇お気に入りの公家がこう言えば認められやすくなる。

「これは天下静謐《せいひつ》のためによろしくございませぬ」

こう耳打ちされれば、勅許はまず出されなかった。

今回、吉宗は竹姫との間にある障害をすべて吹き飛ばすために、勅許を利用しようとしていた。

勅許さえ出れば、吉宗と竹姫の歳の差、身分差などは問題ではなくなる。

「前太政大臣どのよ、で、用件はなんでおじゃる」

二条吉忠が、なにを言いたいのかと問うた。

「勅許を出したらあかん」

近衛基凞が厳しく断じた。

「幕府の要望に従ってはならぬと」

嫌な顔を二条吉忠がした。朝廷は幕府に飼われている。飼い主のいうことをきかなければ、餌が取りあげられる。

「いいや、幕府ではない。吉宗の要求には応じるべきではないと言うておる」

「将軍の願いは、幕府の求めではないか」

二条吉忠が怪訝な顔をした。

「いいや、違う。幕府の願いは老中から京都所司代を通じてくる。しかし、今回は吉宗の手の者が一条と清閑寺に直接顔を出しよった」

「公《おおやけ》のものではないと」

「そうや」

近衛基凞が二条吉忠の確認にうなずいた。

「それは美味しいの」

二条吉忠が下卑《げび》た笑いを浮かべた。

幕府からの要求でも、五摂家にはあらかじめ根回しがおこなわれる。あまり露骨な反対はしなくても、公家の得意技、前例がないを使っての遅滞をやるからである。そして、根回しには金が遣われる。

公だと、さほど金は遣われない。しかし、私《わたくし》のこととなれば、話は別になる。求める願いの大きさによってかわるが、相当な金を積まなければ、勅許へ話をもっていけない。

「清閑寺は、竹の実家や。相応なものをもらえるのは当然や」

二条吉忠が近衛基凞を見た。

「…………」

近衛基凞も娘を家宣の妻に差し出したとき、かなりの金額を幕府からもらっていた。

「しかし、一条はあかん」

二条吉忠が首を横に振った。

関白、摂政《せっしょう》になれるのは五摂家と呼ばれる近衛、一条、二条、九条《くじょう》、鷹司だけの特権であった。どの家も大化《たいか》の改新《かいしん》の功臣、藤原大織冠鎌足《ふじわらだいしょくかんかまたり》の末で、天皇家とも近い格別な家柄として、朝廷に君臨している。

公家のなかでは頂点に位置するが、その五家にも格の上下はあった。

家柄としては近衛がもっとも古い。石高でいくと途絶えた松殿《まつどの》流摂関《せっかん》家を吸収した九条家が多い。近衛と九条が摂関家の両雄といえる。

近衛が格上とされるのは、藤原北家《ほっけ》嫡流の忠通《ただみち》の長男の末で、九条が三男を初代としているからだ。

後、近衛から鷹司が、九条から、一条、二条が分かれ、五摂家となった。

二条吉忠からすれば、一条家は近い親戚になるが、ともに摂関の座を争う敵でもある。下手に血筋のかかわりがあるだけに、どちらが上に来るかでもめやすい。本家たる九条とは違った意識を互いにもっていた。

「一条が金を持てば……」

「撒《ま》くだろうの」

二条吉忠の言葉を近衛基凞が受け継いだ。

関白の地位は一つしかない。また、関白になったからといって天下の政をなせるわけでもない。ただの名前だけではあるが、それしか今の公家にはないのだ。

五摂家は、皆、婚姻を重ねた一門でありながら、関白の地位を奪い合う間柄であった。

「しかし、難癖をつけるていどならば、ぎゃくに言い負けるぞ」

一条兼香《かねよし》は、当代中御門天皇《なかみかど》の信頼も厚い。さらに中御門天皇は、幕府が閑院《かんいんの》宮《みや》家を創設するなどしたことから、幕府に近い。

一条兼香の推薦があれば、勅許を出しても不思議ではないだけに、それを邪魔するには邪魔するだけの名分が要った。

「大丈夫や。吉宗の願いは、潰せる。それもこれ以上ないという大義名分でな」

近衛基凞が笑った。

二

竹姫の要望を聞いた紅は、すぐに首を縦に振った。

「大事ないのか。もう、産み月だろう」

あっさりと出かけることを了承した紅に、聡四郎が懸念を表した。

「大丈夫。この間、産婆さんに触ってもらったら、赤ちゃんは十分に降りていないから、まだ生まれないって」

紅が問題ないと手を振った。

「ならばよいが……」

妊娠の経験を持ちようもない聡四郎は、それ以上を言わなかった。

「駕籠を用意させる」

聡四郎は駕籠を呼ぶつもりでいた。

武家にとって駕籠も一つの格式であった。

戦うのが本分の武家が、襲われても対応できないのが駕籠のなかにいるときであった。周囲は見えず、狭い駕籠のなかだけに、刀も満足に振るえない。

ようは駕籠に乗るならば、己が戦わずともすむように警固をつけなければならないことになる。信用できる担ぎ手も要る。

また、公家が駕籠や輿、牛車《ぎっしゃ》に乗るには、朝廷の許しがいるというのも影響し、旗本は、将軍家から認められないかぎり、自前の駕籠を持つことはできなかった。

「ありがとう」

紅が喜んだ。

町人、しかも気の荒い人足を束ねる人入れ稼業の娘だったのだ。妊娠しても歩くのは平気で、乗り慣れていない駕籠に揺られるほうがきつい。しかし、これも聡四郎が紅の身体を気遣ってくれている証拠であった。

こうして昨夜のうちに手配された町駕籠が、紅を迎えに来た。

「では、参ろうか」

聡四郎は紅が駕籠に乗ったのを確認して、歩き出した。

「駕籠づれだと……」

聡四郎の屋敷を見張っていた藤川義右衛門配下の郷忍がつぶやいた。

「なかは、嫁だな」

郷忍が見抜いた。

旗本の当主が歩きで、妻が駕籠というのはまずい。病気であろうが妊娠であろうが、見られれば聡四郎の悪評に繫がる。ために、当主以外が乗る駕籠は屋敷を出る前から垂れを下ろすのが慣例であった。

「ふむ……」

ゆっくり後をつけながら郷忍が、思案した。

「警固は二人。二人で駕籠を挟むようにしているが……角を曲がるときだけ、隙ができる」

駕籠は長い棒と同じである。人のように身体を傾けるだけで曲がれない。そうすれば、駕籠が傾きすぎて、なかの客が転んで落ちかねない。どうしても角から十分距離を取り、後棒《あとぼう》まで角から曲がる道のほうへ出きったところで、先棒がそちらへ進むという大回りをしなければならない。このとき、曲がり角側に付いている警固が歩調を合わせようとすると、そのぶんさらに駕籠の動きを大きくしなければならず、かなり面倒なことになるため、そちらの警固は駕籠の動きを待ってから合流する形になっていた。

「ちっ、短弓を持っていれば」

郷忍が無念そうに言った。

「棒手裏剣で、垂れを貫けるか」

垂れは上から下がっているだけである。そこに棒手裏剣をぶつけても、垂れがたわんで受け止められてしまう。

「まあ、よいか。いつでもやれるのだという脅しにはなる」

浪人に化けた郷忍が、嫌がらせをしようと考えた。

「次の角で」

郷忍が懐から棒手裏剣を出し、右手で握りこんだ。

「……よしっ」

駕籠が辻に着き、大きな動きで曲がった。駕籠の左側が、郷忍の真正面に来た。

「…………」

無言の気合いで、郷忍が棒手裏剣を投じた。

「ふん」

すっと前に出た入江無手斎が、右手で棒手裏剣を摑んだ。

「む、無拍子《むびょうし》」

郷忍が、啞然とした。

無拍子とは、動きの端緒がないことをいう。人というのは何をするにも、前兆がある。足を踏み出すには、体重の移動があり、飛び上がるには膝をたわめなければならない。これを拍子といい、武術で言う後《ご》の先《せん》はそれを感じることで、相手の動きを見抜き、先んじる。

となれば、なんとかしてその拍子をなくそうとする。拍子がなくなれば、後の先は成り立たず、先手を取った者が優位を保つ。

武術家という武術家が目指す究極が無拍子であった。

なにせ人の身体の決まりごとをなくそうとするだけに、そうそう身につくものではなかった。

間合いがあったにもかかわらず、なんの予兆もなく、入江無手斎が動いた。

「なかなかいい鉄を使っておるの。もらっておくぞ」

入江無手斎が郷忍を見て、笑った。

「くっ」

郷忍が背を向けて逃げた。

「なんじゃ、おもしろくもない」

逃げ出した郷忍の姿に、入江無手斎がため息を吐いた。

「師よ、あまり遊ばれぬように」

大宮玄馬があきれた。

「なに、少し脅してやっただけじゃ。いい加減しつこいからの」

入江無手斎が面倒くささそうな顔をした。

「忍がしつこいのは、しかたない。代々の性《さが》だからな。しかし、勝てるかどうかくらいわかりそうなものであろうに。儂はもとより、そなたでも、あのていどの忍ならば三人は仕留められよう。ご当主どのも二人なら余裕のはず。八人出しても勝てぬ。防ぐだけならば、十人でも大事ない。いかに伊賀の郷から忍を連れてきたからとはいえ、数人ずつ出しては削られを繰り返していては、すぐに枯渇しよう。それさえわからぬほど愚かなのか、あやつらの頭は」

「伊賀の掟《おきて》でございましょう」

袖から伊賀の掟を聞かされている大宮玄馬が小さく首を振った。

「いつまで忍のつもりでおるのだろうな。あやつらはもう郷を捨てたのだろう。郷を捨てたのならば、忍の掟など無意味であろうに」

「郷を捨てたからこそ、掟にすがりたいのではないでしょうか」

大宮玄馬が応じた。

「最後の矜持というやつか。そこだけでも守らねば、伊賀者でなくなるからなのだろうな。剣術遣いが死ぬまで刀を捨てられないのと同じか」

さみしそうに入江無手斎が言った。

「…………」

大宮玄馬が黙った。

「ここでいい」

江戸城内郭に入る前で、聡四郎は紅を駕籠から下ろした。江戸城内郭に町駕籠で乗り付けるわけにはいかない。

「これを持っていけ」

取りあげた棒手裏剣を入江無手斎が、聡四郎に渡した。

「お預かりいたしまする」

聡四郎が手拭いに挟んで、懐へ仕舞った。

「参ろう」

「はい」

聡四郎が駕籠から出て待っていた紅を誘《いざな》った。

大奥へ出入りする女中や商人は、江戸城の大手門を通ることは許されていない。大手門の北に位置する平川《ひらかわ》門を潜って、城内に入る。

「御広敷用人水城聡四郎、竹姫さまのお招きを受けた水城紅を連れて通る」

平川門をこえて進んだ聡四郎は、大奥の門番とも言うべき切手《きって》番頭に紅のことを申告した。

「伺っておりまする」

切手番頭が、あわてて詰め所から出てきて、紅へ向かって膝をついた。紅は大奥出入りのおり、その便宜を図るうえから吉宗の養女として扱われる。聡四郎には軽く頭を下げるだけの切手番頭が、紅にはていねいな応対をした。

「…………」

ご苦労さまというのもおかしい。無言で紅は軽くうなずき、切手門を通過した。

「お旗本さまにあんなまねをされるのは、苦手だわ」

紅が小声で文句を言った。

「しかたあるまい、これが世のなかというものだ」

聡四郎が苦笑した。

「とりあえず頭を下げてればすむ庶民が気楽」

小さく紅が首を左右に振った。

「すまぬな。吾がお役に就いたばかりに」

「違うの。こちらこそ、ごめんね。あなたのせいじゃないのに」

夫婦二人で詫びあった。

「場所を考えていただけませんか」

そのまま互いの顔を見ていた聡四郎と紅に、ため息交じりの声がかかった。

「山崎か」

聡四郎が見慣れた顔になんともいえない表情をした。

「そろそろお見えかと存じ、お迎えに参上いたしましたが……」

「水城紅でございまする。本日はお世話になりまする」

まだなにか言いたそうな山崎伊織に、紅が名乗りを被《かぶ》せた。

「これは……」

山崎伊織があわてた。

将軍の娘に挨拶をさせたことになる。目見えできない伊賀者としては無礼と言われても仕方なかった。

「御広敷伊賀者、山崎伊織でございまする。ご用人さまには、京行きなどでお世話になっておりまする」

山崎伊織が急いで片膝をついた。聡四郎が御広敷伊賀者を預けられているのは内々のことだ。山崎伊織は、聡四郎の呼び名を外向きにした。

「主人がお世話になりました。ありがとうございまする」

紅が腰を曲げた。

「ご勘弁をくださいませ」

吉宗の養女に伊賀者が頭を下げさせた。それが引き起こすだろう騒動に、山崎伊織の顔色がどんどん白くなっていった。

「紅、それくらいで許してやれ」

照れ隠しの嫌がらせだと気づいている聡四郎が、紅を宥めた。

「ごめんなさいね。もとががさつな出だから」

砕けた口調で、紅が微笑んだ。

「冷や汗が……」

聡四郎でも紅でも、一言で山崎伊織の首を飛ばせる。京まで往復して、聡四郎の人となりを知っているからこそのからかいであったが、相手のほうが一枚上だったと山崎伊織は知った。

「伊織」

わざと下の名前を呼ぶことで、聡四郎が親しみを表した。

「はい、ご用人さま」

すぐに意味を悟った山崎伊織の顔色がよくなった。

「今、登城の途中で、紅が狙われた」

聡四郎が懐から出した手拭いごと、棒手裏剣を山崎伊織に渡した。

「拝見……これは御広敷伊賀者に支給される手裏剣ではございませぬ」

一目で山崎伊織が断じた。

「御広敷伊賀者は、大奥警固を任といたしまする。大奥へ侵入した不審なる者を討ち果たすときに手裏剣が長く重いと、天井板や壁などを貫いてしまい、お女中衆に傷を負わせてしまう怖れがありますので、短く、軽くなっておりまする」

説明しながら、山崎伊織が己の棒手裏剣を取り出し、郷忍が使ったものの隣に並べて見せた。

「……たしかに、二回りほど小さいな」

手拭いを覗きこんだ聡四郎がうなずいた。

「郷忍か」

「顔見知りの者ではございませんでしたか」

山崎伊織が問うた。

聡四郎は京からの帰り、薄い警固を厚くするため、伊賀の郷忍を江戸まで雇うという奇策を取った。

そのとき、聡四郎の警固をしながら江戸へ入った郷忍たちは、雇用関係の終了後、敵に回ると宣言し消えていった。

「あいにく、吾の位置からでは相手が見えなかった」

聡四郎が無念そうに唇を噛んだ。

「駕籠でお見えでございましたか」

「はい」

尋ねられた紅が首肯した。

「垂れは下りていた。それを棒手裏剣で狙った。本気ではございませぬ」

すぐに山崎伊織が見抜いた。

「であろうな。もし、本当に紅の命を奪おうとしていたら、師が逃さぬ」

聡四郎もそう読んでいた。

「いつでもやれるという意思表示か……」

「意思表示でなければ、なんだ」

途中で言葉を切った山崎伊織を聡四郎が促した。

「……………」

「ああ、かまわぬ。そのていどのことで怯えるようでは、上様の養女などやってはおれぬ」

紅を気遣うように見た山崎伊織に、聡四郎が告げた。

「では、申しあげまする。意思表示でなければ、予想外であったため、準備ができていなかった」

「紅が外出するとは思わなかった」

「はい」

確かめるような聡四郎に、山崎伊織が首肯した。

「紅を狙っている」

「ではないかと。ご用人さま最大の弱点は、奥さまでございましょう」

山崎伊織が述べた。

「ご用人さまの外出には、入江無手斎翁がお供なさいます。ご用人さまと翁の二人を、力押しするには五人では足りませぬ。旅先ならばまだしも、これだけ他人目《ひとめ》の多い江戸では、いかに忍といえども、数が多ければ目立ちまする」

一人、二人ならば溶けこめる。しかし、それが五人、十人となれば、いかに忍といえども気配が濃厚になる。

「そしてお屋敷には、大宮玄馬どのがお控えでござる。はっきり申しあげて、大宮どのはいけませぬ。どうやっても勝てる絵が描けませぬ」

山崎伊織も京への旅で、大宮玄馬の腕前を見ている。

「伊賀の郷に誘いこみ、罠を張る。織田信長《おだのぶなが》公の軍勢を翻弄《ほんろう》したという伊賀の陣を使えば、どうにかなりましょうが、江戸では望むべくもありませぬ」

大宮玄馬を山崎伊織が高く買っていた。

「その大宮玄馬どのが、おられる。しかも大宮玄馬どのは、奥方さまを護《まも》るだけでいい」

小太刀を得意とする大宮玄馬は、室内での戦闘でこそ、真価を発揮する。

「なるほどな。それでこれか」

聡四郎は棒手裏剣を見つめた。

「しかし、これで狙っていることを教えてしまったぞ」

知れば警戒する。聡四郎は、棒手裏剣を放った郷忍の意図がわからなくなった。

「ご用人さま、入江翁、大宮玄馬どのに圧迫をかけるため……」

「狙われているとわかれば、当然緊張する。そして人は緊張すれば疲れる。疲れは隙を生む。

「あとは紅さまに負担をかけて、お産を難しいものにさせる」

紅のお腹は目立つ。妊娠、それもまもなく産み月だと、一目でわかった。

「あら」

狙いはおまえだと言われた紅が反応した。

「その郷忍さんたちというのは、男ばっかりなの」

紅が聡四郎に訊いた。

「たぶんな。伊賀の郷から出てきた女忍は、袖を除いて死んだはずだ」

「やっぱり」

聡四郎の答えに、紅が納得した。

「男ばっかりだから、そんなことを思うのよ」

紅が笑った。

「女を、いえ、母を舐めている。女は新しい命を育《はぐく》み、代を引き継ぐの。己の命をかけて、愛しい男の子を産む。いえ、産みたいの。そのためだけに、あたしは今まで生きてきたのだから、そのていどのことで動揺なんぞしない」

はっきりと紅が否定した。

「まあ、あんたのところへ嫁ぐと決めたとき、これくらいは覚悟したし。なにせ、あの上様に目を付けられたあんただもの」

紅が聡四郎を見つめた。

「あんたは、止めよ」

聡四郎が山崎伊織のほうへ目をやった。素の出た紅に、聡四郎は苦い顔をした。

「いや、畏れ入りました」

山崎伊織が感心した。

「さすがは上様が選ばれ、竹姫さまが頼りになさるお方。どうぞ、なかへ」

ていねいな物腰で、山崎伊織が紅を下の御錠口へと案内した。

「上様にご報告してくる。あとは頼んだ」

「やれるだけやってみせるから」

下の御錠口で、聡四郎と紅は別れた。

三

郷忍から報告を受けた藤川義右衛門が大きく肩を落とした。

「水城の嫁に脅しをかけただと。愚か者が」

藤川義右衛門が郷忍を叱った。

「室生《むろう》、郷のしつけはなってないの」

郷忍のまとめをしている中年の伊賀者に、藤川義右衛門が苦情を言った。

「忍の本分でございましょう。見えぬところから襲いかかられるという恐怖が、相手を縮こまらせ、こちらの思うようにする」

策として問題ないだろうと、室生と呼ばれた郷忍が反論した。

「相手は、あの用人だぞ。用人だけでも面倒なのに、二人も化けものがおるのだ。そんなところに、狙っているぞとわざわざ教えてやってどうするのだ。警戒を密にされれば、ますます果たしにくくなるだろうが」

藤川義右衛門があきれ果てた。

「総力を結集すれば……」

「阿呆が」

言い返した室生を、藤川義右衛門が怒鳴りつけた。

「いつまで、伊賀者のつもりでおるのだ。我らは貧しい伊賀者をやめ、裕福な闇の住人になったのだぞ」

「……なれど、あの用人は我らの仲間を……」

掟を室生が盾に出してきた。

「いつまで伊賀にすがる。これからの我らは、縄張りを持ち、そこからの上納金や、賭場の儲けで生きていくのだぞ。江戸中の縄張りを手にするまでもなく、今いる十人ほどでは、人が足りなくなるのは知れている。当然、そのへんの無頼どもを組みこんでいかねばならぬ。それはわかっているな」

「わかっておる」

さすがにこれだけの人数で江戸の夜を支配できるとは思っていない。室生が首を縦に振った。

「もともと無頼は、馬鹿なものだ。かならず、他所《よそ》の縄張りの連中や、仲間内で問題を起こす。そこで、配下の無頼が殺される場合もあるだろう。そのときも、掟だからと復讐をするのか」

「そんなものせぬ。無頼は伊賀者ではないからな、掟には触れぬ」

室生が首を横に振った。

「はあ」

藤川義右衛門が大きなため息を吐いた。

「もういい」

手を振って藤川義右衛門が、話は終わりだと告げた。

「では」

郷忍たちが、藤川義右衛門の前から去った。

「鞘蔵」

藤川義右衛門が、残った御広敷伊賀者を抜けた鞘蔵を呼んだ。

「なんでござる、頭」

鞘蔵が藤川義右衛門の側に寄った。

「そなたは、どうだ。掟を守り続けるか」

「とんでもござらぬ」

訊かれた鞘蔵が、首を左右に振った。

「腹一杯飯を食うこともできぬ御広敷伊賀者とはいえ、明日の米を心配しなくていい身分を捨て去ったのでござる。伊賀の掟なんぞに縛られて危ない道を通るなど、まっぴらご免でござる」

鞘蔵が嫌がった。

「他の者も同じだな」

部屋に残っていた御広敷伊賀者から抜けてきた伊賀者に、藤川義右衛門が問うた。

「いかにも」

「さようでござる」

御広敷伊賀者出の者たちが、うなずいた。

「けっこうだ。未来《さき》を見据える者以外、吾には不要である。これから江戸中の縄張りを手に入れるためには働いてもらわねばならぬが……いずれ郷忍どもには、退場してもらうしかあるまい」

藤川義右衛門が郷忍を使い捨てると述べた。

対して室生たちも集まっていた。

「伊賀者の心をなくしておるぞ、江戸者は」

郷忍の一人で聡四郎の警固をしていた松葉《まつば》が不満を漏らした。

「ああ。掟をないがしろにしては、秩序が保てぬ。秩序なき集まりは、かならず離散する。まとまりを欠いては江戸の闇を支配などできぬ」

室生も認めた。

「……こちらのほうが人数は多い」

松葉と同じくして江戸へ出てきた鬼次郎《きじろう》が言った。

「向こうは藤川を入れて三人、こちらは四人」

室生が指を折って見せた。

「やるか」

鬼次郎が呟いた。

「いや、今はまずい」

室生が手を振って、鬼次郎を制した。

「我らは江戸のことを知らぬ。あやつらを倒して終われるならば、今夜中に話はつくが、そうはいかぬ。我らは郷に残してきた者たちの夢なのだ。江戸で金を稼ぎ、皆を呼び寄せ、毎日をおもしろおかしく生きていく。そのために国を捨てた。少なくとも、江戸で生活していくだけの基盤ができるまで、手出しはするな」

「たしかに」

「ううむう」

うなずく松葉に対し、鬼次郎が不満げな顔を見せた。

「こちらが数で優っているのだぞ。ただ、地の利はあちらが持つ。となれば時の利を図れば勝負はこちらの勝ちだ。焦るな」

室生が鬼次郎を宥めた。

「それに吾に策もある」

室生が自信を見せた。


将軍が大奥へ入るのは、仏間で朝の拝礼をおこなうときを除けば、執務が終わってからとなる。

「上様、竹姫さまより、ご足労を願いたいと」

紅を大奥へ届けた聡四郎は、その足で御休息の間へと向かい、吉宗に目通りを求めた。

「竹が、躬に用があると申すか」

「はい」

確認する吉宗に、聡四郎は頷いた。

「わかった。参ろう」

すっと吉宗が席を立った。

「お待ち下さいませ」

小姓組頭が、吉宗を遮った。

「ただいまは、御政務をなさるときでございまする。もう、すでに老中がたが、上様の御裁許をいただきたいと、お控えになっておられまする」

「ふむ、すでに待っておるか。いたしかたないな、入れよ」

「はっ」

諫言《かんげん》した小姓組頭がほっとした顔をした。

「すべての者を呼べ。一度に片付ける」

「……それは」

老中、若年寄など将軍の決裁を求める者は、一人ずつ順番に御休息の間へ入り、個別に処理されていくのが慣例であった。また、先に並んでいても、老中が来れば先を譲るのも決まりとされていた。

「躬は政務を執《と》ると申しておる。そなたの言葉を受け入れたのだ。まだ不満があると言うのか」

厳しい声で吉宗が叱責した。

「いいえ。ただちに」

急いで小姓組頭が動いた。

「上様、これは……」

御休息の間に並ばされた老中や若年寄が困惑した。

「さあ、始めようぞ」

それを無視して、吉宗が案件を出せと命じた。

「他聞《たぶん》を憚《はばか》るものもございまする」

老中戸田山城守《とだやましろのかみ》が、周囲を見ながら拒んだ。

「ならば、それは後じゃ。密談は昼からにいたす。なんなら、山城は昼からにするか」

後回しにするぞと、吉宗が脅した。

「……では」

やるといえばやるのが吉宗であった。誰も信じていなかった大奥の人減らし、経費削減も吉宗は実行して見せた。

戸田山城守が折れたのも当然であった。

「……よかろう。それは許す。大儀であった」

居並んでいた役人たちが持ちこんだ仕事を、吉宗は半刻（約一時間）と少しで片付けた。

「これでよいな」

「ははあ」

声をかけられた小姓組頭が平伏した。

「昼餉はここで摂る。後は任せるぞ、近江。待たせた、水城。案内いたせ」

御側御用取次の加納近江守に昼には戻ると告げて、吉宗が聡四郎を急《せ》かした。

「はっ」

「こちらへ」

加納近江守が頭を垂れ、聡四郎は吉宗の先に立った。

上《かみ》の御錠口は、御休息の間から近い。

「上様のお成りである」

すでに小姓組頭を通じて、上の御錠口番には話がいっている。

「お成り、承りましてございまする」

渡り廊下の名前の由来ともなった鈴の音が響き、樹齢数百年を数える大木から取られた一枚板の杉戸が、後ろへ引かれるようにして開いた。

「わたくしはここで」

上の御錠口を使えるのは将軍だけである。たとえ老中であっても、大奥へ用があるときは下の御錠口からになる。聡四郎は、ここで吉宗を見送り、御広敷用人部屋へ戻って控えることになる。

「ご苦労であった。戻れ」

吉宗が大股で御鈴《おすず》廊下へ進んだ。


上の御錠口、通称御鈴廊下を渡れば、大奥における将軍居室の御小座敷があり、その奥に御台所の館や、側室たちの局がある。

現在の吉宗には、御台所も、側室もいない。奥にあるのは、天英院、月光院の館、竹姫の局、上﨟や年寄、一部の中﨟などが住む局であった。

忘れられた姫、竹姫の局はその最奥にあった。

「上様、お成りでございまする」

先導役の上の御錠口番が、声をあげて注意を促す。

こうすることで、目見えのできない身分の女中が出てくるのを防ぐのだ。

大奥は将軍の閨であるが、すべての女に手出しできるというものではなかった。

将軍が閨に呼べるのは、目見え以上の者と決められていた。あまり身分の高くない女中に手を出し、男の子が生まれでもしたら面倒になる。織田信長の子供、三男信《のぶ》孝《たか》と次男信雄《のぶかつ》がそのいい例であった。実際は三男信孝が先に生まれていたが、生母の身分が低すぎたため、後から生まれた信雄よりも下にされたのだ。

これが織田家の崩壊を招いた。信長と嫡男信忠《のぶただ》が明智《あけち》光秀《みつひで》の裏切りで討たれ、次の当主に誰を、となったとき、暗愚な信雄にも継承の目が出てしまった。兄ということで、信孝を押さえ、織田家の当主になろうとしたのだ。信孝も嫡男信忠には及ばないが、それでも信雄よりはまともであった。もし、信孝の母が、信雄の母とよく似た身分であれば、どちらも側室だったのだ、素直に生まれた順番で次男、三男となったはずだ。そうすれば、織田家の家督は割れることなく信孝で決まり、豊臣秀吉に口出しはできなくなった。あれは暗愚な次男か、使えるが身分の低い三男かで家中が割れたからこそ、信忠の息子でまだ幼児だった三法師《さんほうし》が担ぎ出せた。でなければ、まだ天下の三分の一も手にしておらず、西の毛利《もうり》、四国の長宗我部《ちようそかべ》、東の上杉、北の北条《ほうじょう》と四方を敵に囲まれた乱世に、元服さえしていない三歳の子供を当主にするはずなどない。

その結果、織田家は信雄、信孝の争いを招き、とうとう秀吉というどこの生まれかもわからない家臣に食い荒らされ、信長の残したもののほとんどを奪われて、没落した。

その経験が、大奥に生きていた。

もちろん、偶然見かけた女を将軍が気に入ってしまうことはありえる。そのときは紅と同じように、養女という手段をとり、身分を上げてから閨へ侍《はべ》らせるのだが、それでも世継ぎの争いに繋がる可能性を秘めてしまう。

「上様、お通りでございまする」

上の御錠口番の声が大奥の廊下に響く。

「…………」

廊下へ面した襖を開けていた局が、あわてて閉める。開けたままだと、上様のお成りを知っていながら、主が礼をしに出て来なかったと叱られる。

閉めてしまえば、なにも聞こえない、なにも見ていないで通るのだ。

「ようこそのお見えでございまする」

局の襖が音を立てて閉まっていくなか、逆に襖を開いて出迎えの女中を廊下に並べたのが竹姫の局であった。

「おう、竹まで出迎えてくれるか」

吉宗が喜んだ。

「公方さまのお運びを願いましたこと、幾重にもお詫び申しあげまする」

竹姫が詫びた。

「いや、気散《きさん》じになった」

気分転換になったと吉宗が微笑んだ。

「……そこにおるのは紅か」

竹姫の後ろで窮屈そうに身を屈《かが》めている紅に、吉宗が気づいた。

「お久しゅうございまする」

一応吉宗の養女、娘としての格式でここにいる。紅は両手を揃え、頭を下げたが、他の者たちのように、額を床に押しつけはしない。

「無理をするな。腹の子に障る」

吉宗が楽にしろと許した。

「お言葉に甘えさせていただきまする」

大きなお腹を抱えての前屈みは、辛い。紅がほっと息を漏らした。

「竹のもとへ遊びに来ていたか」

吉宗が問いかけた。

「公方さま、まずはなかへ」

廊下でする話ではないと、竹姫が吉宗を促した。

「うむ、そうであった」

吉宗がうなずいた。

四

竹姫の局上段の間、上座に吉宗が腰をおろし、その正面、半間《げん》（約九十センチメートル）ほど離れたところに竹姫が、その右手後ろに紅が、左手後ろに鹿野が座を占めた。

「あらためまして、お見えいただきかたじけのうございまする」

竹姫が深く頭を下げ、紅と鹿野も倣った。

将軍が女中と会うときは、御小座敷と決められていた。直接、将軍を居室に迎えられるのは、生母と御台所だけであった。

竹姫の求めに応じ、局まで足を延ばしたということは、吉宗が竹姫を御台所として遇しているとの意思表示でもあった。

「気にせずともよい」

吉宗が手を振った。

「無礼を省みず、本日お越しいただいたのは……」

ちらと竹姫が右後ろへ目をやった。

「やはり……水城か」

吉宗が嫌な顔をした。

「廊下で話をすまそうとしたのだが……」

いかに襖を閉じていても、近隣の局で聞き耳を立てれば、なにを話しているかはわかる。さすがにその状態で将軍に意見はできない。

午前中は執務と知っている竹姫が吉宗を呼び出す。その裏を端《はな》から吉宗は気づいていた。

「畏れ多いことでございまする」

「申しわけもございませぬ」

竹姫と紅が揃って詫びた。

「やめよ。妊婦に無理をさせたとあっては、将軍として、いや、男として恥ずかしいわ」

吉宗が嘆息した。

「公方さま、長福丸さまのこと、心よりお見舞い申しあげまする」

「……すまぬ。どう応じてよいか、まだ整理がついておらぬ」

竹姫の気遣いに吉宗が辛そうな声を出した。

「躬が将軍にならねば長福丸は無事に育ったと思えば、たまらぬ」

「では、わたくしは公方さまとお目にかからなければよかったのでございまするか」

悲愴な吉宗へ、竹姫が問うた。

「わたくしが公方さまのお心を受け入れなければ、天英院さまも愚かなまねには出られなかったでしょう。わたくしさえいなければ、長福丸さまは……」

「違うぞ、それは違う」

涙を溜めた竹姫に、吉宗が慌てた。

六代将軍の御台所として大奥に君臨した天英院は、将軍が代わってもそのまま権力を握り続けてきた。

七代将軍家継は幼く、まだ正室を迎えていなかったため大奥の主であり続けられたからであり、八代将軍吉宗も正室を亡くしていることから、まだまだ大丈夫だと思いこんでいた。

そこに竹姫が現れた。吉宗が竹姫を見そめ、継室として迎えようとした。継室であろうが、出自が己の実家近衛家よりも劣る清閑寺であろうが、将軍の正室、御台所が大奥の主になる。

竹姫が吉宗と婚姻をなしたとき、天英院は名実ともに大奥の主たる資格を失う。

「竹には、なんの責もない」

竹姫の小さな身体が震えている。吉宗は焦った。

「あれは天英院の暴挙である。暴挙は防げぬ。誰も将軍世子に毒を盛ろうなど考えもしない」

吉宗は竹姫のせいではないと説得した。

「天英院の暴挙だと」

竹姫が天英院につけていた敬称を取った。

「わたくしには、罪はないと」

「そうだ、竹にはなんの罪もない」

吉宗が認めた。

「だが、躬は違う。躬は将軍だ。もっと早くに天英院の始末を付けられた。それをしなかった。面倒ごとを後回しにした。あやつが何かするかも知れないとわかっていた。実際、五菜を使って竹を傷つけようとした。あのときに、裁断しておけばよかった」

竹姫が無罪ならば、吉宗も同じだという論を、吉宗は読んでいた。

「惚れた女の身を危険にさらし、吾が子に生涯消えぬ傷を残した。これは、躬が背負うべき罪である」

険しい声で吉宗が断じた。

「紅さま」

竹姫が紅に託した。

「義父上《ちちうえ》さま」

紅が吉宗を義父と呼んだ。

「…………」

じろりと吉宗が紅を睨みつけた。

「お辞めになられてはいかがでございますか。それほど将軍を務められるのがお辛いのならば」

紅が吉宗に辞任を促した。

「なんだと……」

吉宗が怒りを見せた。

「人は誰でも、嫌なことから逃げることが許されておりまする。将軍をしたくないのならば、譲られればよろしゅうございましょう。やりたい人は山ほどおられましょうから」

「そんな簡単なものではないわ」

あっさりと言った紅を吉宗が叱りつけた。

「将軍は天下のすべてに責任を持つ。その覚悟のない者にさせてはならぬ。天下を少しでもよくし、徳川を長らえる。そのために将軍はあるのだぞ」

「長福丸さまにも、そのお覚悟があると」

「な、なにを……」

息子の名前で反論された吉宗が唖然とした。

「義父上さまが将軍であられるならば、長福丸さまは九代将軍になられる。違いましょうか」

紅が確認を求めた。

「たしかに長福丸は世子である」

吉宗は認めざるを得なかった。

「義父上さまが今、将軍を辞められなければ、元服なされた長福丸さまは九代将軍に、嫌でもなる。長福丸さまは将軍になりたいと仰せでしたか」

「……うっ」

まだ六歳の長福丸が、そんなことを言うはずはない。吉宗が詰まった。

「義父上さまは、将軍を望まれた。しかし、長福丸さまは違う」

「……そうだ。だが、躬が将軍にならねば、天下は乱れた」

吉宗が言い返した。

「……すう」

紅が大きく息を吸った。

「どうした」

「あんた馬鹿」

怪訝な顔をした吉宗を、紅が怒鳴りつけた。

「な、なにを」

「ぶ、無礼な」

吉宗が驚愕し、鹿野が紅につかみかかろうとした。

「鎮まりなさい」

竹姫が鹿野を抑えた。

「ですが姫さま、いくらなんでも……」

鹿野が抗弁した。

「父親と娘の喧嘩じゃ。他人が口出しをしてよいものではないわ。妾が認めておるのだぞ、そなたも落ち着け」

竹姫が落ち着けと鹿野を宥めた。

「……はい」

鹿野が腰を下ろした。

「いかに水城の妻とは申せ、口にしてよい言葉ではないぞ」

吉宗が凄んだ。

「娘の責任を娘婿に押しつける。そんな父親なんぞいませんよ」

紅は脅しにも屈しなかった。

「…………」

吉宗が黙った。

「ほんとに、男というのは、馬鹿しかいないんだから」

紅があきれた。

「己一人が苦悩していればいいだとか、すべての責任は吾に有りとか、ふざけるんじゃない。何度も何度も、命の危ないまねをして、女に心配かけるなって」

怒りの矛先は吉宗だけではなく、聡四郎や大宮玄馬、入江無手斎にも向かっていた。

「まことよの」

竹姫が同意した。

「……それは、すまぬ」

聡四郎たちの危険は、吉宗の命に基づく。吉宗が謝した。

「男の無茶の後ろには、女の覚悟があると知っていただきますよう」

それで少し落ち着いたのか、紅の口調がていねいなものに戻った。

「おわかりでしょうか。人は一人ですべてをなせませぬ。なんでも一人でできるとお考えのようですが……できるならば、一人で子を産んで見せてもらいたいと」

「……たしかにできぬな」

じろりと見られた吉宗が、首肯した。

「皆、集まって生きているのでございまする。親があり、子がいて、夫がいて、妻がある。そして親となり、子をなして人は代を継いで参りまする」

「…………」

黙って吉宗が聞いた。

「先ほど長福丸さまのことを僭越にも申しました。長福丸さまは、将軍となることをお望みでないかも知れませぬ。ですが、長福丸さまは義父上さまのお子さまなのでございまする。親は子を選べませぬ。子も親を選べませぬ。親が庶民ならば、子も庶民。親が職人ならば、子も職人になる。もちろん、家を出て商人になる者もおりましょう。ですが、ほとんどは親の後を継ぎまする」

紅が続けた。

「子に選択肢はまずありません。その代わり、親は子供に己が得てきた経験と技能をすべて教えこもうとします。少しでも子が楽をできるように、己と同じ苦労をしなくていいように、ちょっとでも苦労が少なくなるように。ときに厳しい指導もしましょう。ですが、それこそ子供を守るためのもの」

「ふむ。将軍も同じだと」

「さようでございまする」

吉宗の言葉に紅がうなずいた。

「義父上さまは、自ら将軍という茨の道を選ばれました。それは己の勝手です。ですから、どれだけの苦労も苦難も甘んじて受けてください」

「厳しいことを言うな」

冷たい紅に、吉宗が苦笑した。

「そのぶん、竹姫さまが慰めてくださいましょう。わたくしにそれを求めてくださいませぬよう。わたくしの優しさは、夫と生まれてくる子のぶんで売り切れておりますので」

「妾の優しさも、品切れじゃ。公方さまに買い占められたでの」

竹姫が紅と顔を見合わせて笑った。

「話がそれておるぞ」

吉宗が女二人で通じ合っている紅と竹姫に注意をした。

「これはご無礼をいたしました」

「今さらじゃ。将軍を馬鹿呼ばわりしておきながら……」

頭《こうべ》を垂れた紅に、吉宗がなんとも言えない顔をした。

「ようは、苦難の道を選んだのは躬ゆえ、すべてを受け入れて苦労をしろと。それはわかったが、長福丸にはかかわりなかろう」

「長福丸さまのことは、かかわりありません。義父上さまが将軍を目指されたからでも、竹姫さまが御台所を望まれたからでもないのです。あれは逆恨みでございまする。逆恨みは、どうやっても防げませぬ」

吉宗の反駁《はんばく》を紅は否定した。

「普通に生きていても、逆恨みというのは受けまする。わたしより綺麗な顔立ちをしている。あいつさえいなければ、わたしが町内の小町娘としてちやほやしてもらえるのに。こう妬《ねた》んで、相手の女の顔に傷をつけたとして、傷つけられた娘の親が悔やみますか。わたしたちがもうちょっと不細工に産んでいれば、娘はこんな目に遭わなかったと」

「悔やむまいな」

吉宗も認めた。

「では、そうなったとき親はどうしましょう。まず、命が助かったことを喜びましょう。続いて、どうにかして娘の傷を癒そうとするはずです。顔と心とその二つに受けた傷を治せる医者を探すだけでなく、少しでも前向きになれるように支える。それが親というものだと思いまする」

「むうう」

吉宗が唸った。

「なにを言ったところで、親は子よりも先に死ぬもの。生きている間にできるだけのことをし、死んでから後悔すればいい」

「……後悔は死んでからか。なるほどの」

紅の話に吉宗が納得した。

「まずは長福丸を治すための医者だな」

「はい」

「あとは長福丸を支える有為の人材か」

「えっ」

紅が驚愕の声をあげた。

「なにを驚いておる。そなたが申したのだぞ。子は親の職業を継ぐものだと」

吉宗が頬を緩めた。

「天下の改革は躬が一代で終えてはならぬ。次の代も、その次も続けていかねばならぬ。途切れれば改革の成果は、数年で消えてしまう。人は怠惰に流れるものだ。その摂理に逆らって、躬の思いを継いでくれるのは、血を引いた子供である」

「長福丸さまを九代さまに……」

「継承をそなたは、躬に考えさせた。このまま長福丸が言葉を発せられなくとも、政に困らぬようにすれば、躬の後を継げる。長福丸が諾否《だくひ》の意思を表現できさえすれば、それでいい。政の実際は、長福丸に忠誠を誓ってくれる有能な者にさせればすむ」

「…………」

こうなれば紅の理解の範疇《はんちゅう》をこえる。紅は黙った。

「今から、長福丸に付ければいいか。旗本の子供で年頃の似た者を近侍《きんじ》として……」

吉宗が思案に入った。

「あのう、上様」

義父呼びを紅が止めた。

「……なんじゃ」

「ご無礼の段、平にご容赦を」

言い過ぎたと紅もわかっていた。

「遅いわ」

冷たく吉宗が拒んだ。

「公方さま、妾に免じて」

竹姫が間に割って入った。

「いいや、こればかりは、いかに竹の頼みでもならぬ」

吉宗が首を横に振った。

「姫さま、どうぞ、もう」

竹姫が叱られては、暴発した紅はたまらない。紅が竹姫に頭を下げた。

「紅」

吉宗が厳格な声を出した。

「はい」

紅が両手をついて頭を垂れた。

「そなたの産んだ子が、男子ならば、長福丸の小姓として差し出せ。娘ならば免じるが、男子が生まれるまで、この命は続くと思え」

「それは……」

「……さすがは、公方さま」

次の将軍の側近に選ばれた。罪どころか褒賞になる。

紅が目を剝き、竹姫が喜んだ。

「将軍を馬鹿呼ばわりした女の血を引く子だ。きっと長福丸がまちがいそうになったとき、命を賭して止めてくれよう」

満足げに吉宗が述べた。

「畏れ入りまする」

ただ紅は頭を下げるしかなかった。

「顔を上げよ。お腹を圧迫しては子が辛かろう。長福丸の側近ぞ、大事にせんか」

「ありがとう存じまする」

吉宗の許しに、紅が感謝した。

「ところで、紅。一つ訊きたい。そなた、男は馬鹿ばかりだと申したが、水城にも同じようなことを申したのか」

笑いながら吉宗が質問した。

「それは、妾も知りとうございまする」

竹姫も乗った。

「……昔、出会ったころに一度……いえ、何度か……」

将軍とその正室候補に詰め寄られた紅がうつむいた。

「あははは。おもしろいの」

「はい」

吉宗と竹姫が笑い合った。

「母以来じゃ、本気で叱られたのは」

懐かしそうに吉宗が口を開いた。

「お母さまに、お叱りを。なにをなさったのでございますか、公方さま」

竹姫が興味を見せた。

「子供のときの話よ。知っておろうが、躬は紀州徳川家二代光貞《みつさだ》の四男じゃ。しかし、母の身分が低く、公子として認められずに母と城下で暮らしていた。そんなときにな、躬はとある寺院の回廊から、家臣たちの止めるのも聞かず、飛び降りたのよ。このくらいなんでもないわとな」

子供のころの話を吉宗がした。

「それが母に知れてな。随分と叱られた。そなたの身体はそなただけのものではない、もしそれで怪我でもしていたら、お付きの者たちが傅育《ふいく》の任を果たさず、徳川家の血筋を危ない目に遭わせたとして咎めを受けたかも知れぬ。ひょっとすると切腹しなければならないような状況になる怖れもあった。そなた一人の浅い考えで、他人に迷惑をかけるのもよろしくないが、なによりもいずれ人の上に立つ者として、無謀なまねをするなど論外であるとの」

　吉宗が述べた。

「まさに、お母さまの仰せられるとおりでございまする」

　竹姫が大きくうなずいた。

「さて、これ以上はさすがに近江に怒られるわ」

　表へ戻らねばと吉宗が立ちあがった。

「竹、紅。助かった。長福丸への負い目は消えぬが、やるべきを思い出させてくれたことに感謝するぞ」

「いってらっしゃいませ。思うがままになさいませ」

　竹姫が吉宗の背中を押した。

五

御広敷へ戻った聡四郎を、五菜の太郎が待っていた。

「山崎さまから、伺いましてございまする」

御広敷伊賀者の山崎伊織は当番、宿直《とのい》、そして非番という名の藤川義右衛門の隠れ家探しと、やることが多い。五菜の五作が帰ってくるのをじっと待っているわけにはいかず、五菜控えにほぼ詰めている太郎に任せたのであった。

「伊賀者番所で話をしよう」

御広敷用人部屋には、小出半太夫を始め、他の者の耳がある。聡四郎は、隣り合う伊賀者番所へ太郎を誘った。

「少し場を借りる」

「どうぞ」

断りを入れた聡四郎に、遠藤湖夕が外へ出た。密談の邪魔を避けたのだ。

「水城さま、あの五菜がようやく捕まりましてございまする」

二人だけになったところで、太郎が報告した。

「ずいぶんと暇がかかったな」

聡四郎は五菜の太郎に問うた。

「あの後、五作は遊びに出てしまいまして、吉原《よしわら》で居続けをしていたらしく」

申しわけなさそうに太郎が告げた。

五菜は小者以下の扱いを受ける。幕府の役人ではないため禄や手当などはなく、勤務をしてもらう心付けが収入になる。

毎日出てくる者もいるが、気が向いたときだけしか来ない者などもおり、金がある間は、仕事をせず遊び歩く者も少なくはなかった。

「そうだったのか」

まったく連絡がないことを気にはしていたが、吉宗の状態などもあり、聡四郎から確認しなかった。

事情が知れた聡四郎は、太郎の説明で腑《ふ》に落ちた。

「今朝方、顔を出しましたので捕まえ、山崎伊織さまと二人で問い詰めましてございまする」

太郎が吉宗の声がかりで天英院付きとなったことは、五菜の一同に報されていた。でなければ、他の五菜が天英院の用を迂闊《うかつ》にも受けてしまいかねなかったからだ。

結果、太郎は五菜のまとめ役である肝煎《きもい》りよりも格上として扱われるようになっていた。

その太郎からの詰問となれば、五作が抗えるはずもなかった。

「で、どうであった」

聡四郎は五作が松島からどこへの使いを受けたのかを尋ねた。

「………」

太郎が苦い顔をした。

「館林か」

聡四郎は気づいた。太郎はもと館林藩士で、家老山城帯刀によって大奥へ送りこまれたという経歴を持つ。そして家族を後始末と称して殺されていた。

「山城帯刀へ渡したそうでございまする」

腹立たしげに太郎が告げた。

「書状の中身は……」

「それはさすがに」

かなりいい加減な連中の多い五菜ではあるが、預けられた手紙の中身を見るようなまねはしない。もし、盗み見ていることがばれれば、当然大奥への出入りは禁じられ、飯の食いあげになってしまうからだ。

「ただ、かなり分厚いものだったとは申しておりました」

　太郎が続けた。

「厚いか……」

　聡四郎は腕を組んで思案した。

「……太郎、館林藩邸へ行くが、供してくれるか」

「山城のもとへ……」

　言われた太郎が、眉間にしわを刻んだ。

「嫌な思いをさせるが、上様のためだ」

「……上様のおためとあれば、断れませぬ」

　竹姫を襲って捕まった太郎は、殺されるところを吉宗の判断で見逃されていた。

「今すぐ出られるか」

「はい」

　太郎がうなずいた。

「山崎伊織はどこに」

　伊賀者番所を出た聡四郎は、廊下で他人が近づくのを見張っていた遠藤湖夕に問うた。

「詰め所におるかと存じますが、呼んで参りましょう」

「それならば、途中ゆえ、吾が声をかける。山崎伊織を借りるぞ」

腰を浮かせた遠藤湖夕を、聡四郎は制した。

「どうぞ、存分にお使いくださいませ」

遠藤湖夕が首肯した。

御広敷御門脇の伊賀者詰め所で山崎伊織を加え、三人になった聡四郎一行は、平川門から江戸城を出た。

「大手門前へ立ち寄る」

太郎と山崎伊織は身分が足りず、大手門を通行することができないため、聡四郎の下城を待っている入江無手斎を迎えに大回りしなければならなかった。

「……喧嘩を売るか」

事情を聞いた入江無手斎が口の端をゆがめた。

「館林は天英院さまの後ろ盾でもありますゆえ」

聡四郎は告げた。

「六代将軍の弟となれば、潰すわけにもいかんな。上様のお名前に傷が付く。将軍位を争った相手に報復したと陰口をたたかれては困る」

入江無手斎が面倒だとため息を吐いた。

館林藩松平家の上屋敷は、鍛冶《かじ》橋御門を入ったところにある。六代将軍の弟ではあるが、異母弟というのもあり、石高は五万四千石と少ない。格は官位無任の侍従扱いと老中に近いが、雁《かり》の間詰めでしかない。

「家老山城帯刀どのにお目にかかりたい。拙者、御広敷用人、水城聡四郎である」

上屋敷の門番に、聡四郎は用件を伝えた。

「御広敷用人さま……しばし、お待ちを」

門番があわてて御殿へと報せに向かった。

「……あいにく、山城は他行いたしておりまして」

かなり待たされたうえに応対に出てきた用人と名乗る藩士から、山城帯刀はいないので会えないと拒絶された。

「さようか。いたしかたなし。御家のためと思って参ったのだが、残念である。この上は、上様より右近将監さまへお話しいただくことになろう」

「上様から……ひい。今、しばらく、しばらく」

吉宗の名前が出た途端に用人の顔色が変わった。

「山城が帰ってくるまで、待てと」

陪臣が直臣を待たせる。これは許されなかった。

「か、帰ってきたと思いまする」

今外出していると言った口で不条理な返答をして、用人が駆け出した。

「底の浅い奴じゃの。聡四郎が来た段階ですべてはわかっているのだと知れように。さっさと会って、詫びて、すべてを白状するのが最善だと気づかぬ。これが家老では、藩士たちはたまったものではないな」

「…………」

あきれる入江無手斎に、太郎がくっと唇を噛んだ。その愚かな家老のせいで平穏な藩士としての生活は砕かれてしまった。

「すまぬな」

太郎の表情に気づいた入江無手斎が詫びた。

「いえ」

感情を抑えた声で、太郎が気にしないでいいと告げた。

「山城がお目にかかりまする。どうぞ、こちらへ」

ふたたび出てきた用人が汗だくで告げた。

山城帯刀は門番から聡四郎が来たと報されて焦った。

「いかがいたしましょう」

「儂は留守じゃ。日をあらためて、こちらから伺うと申せ」

どうしようかと相談する用人に、山城帯刀は居留守を使えと指示した。

「将軍から殿へ話すと……」

蒼白な顔で帰ってきた用人から聡四郎の言葉を伝えられ、山城帯刀は肚《はら》をくくるしかなかった。

「客間へ通せ」

山城帯刀は、用人にそう命じて、己も客間へと向かった。

「なんとしてでもごまかさねば」

天英院の依頼を口にしようとした藤川義右衛門を制して、内容を聞かずに逃げたとはいえ、それがなにかはわかっている。

天英院の手紙を仲介し、金を立て替えたのだ。知らなかったとの言いわけは通じない。館林藩松平右近将監には咎めは及ばぬとしても、山城帯刀は無事ではすまない。

「でなければ、儂が殿に見捨てられる」

老齢ということで将軍の座に執着していなかった松平右近将監をそそのかしたのは、陪臣の地位から直臣へと戻りたいと願った山城帯刀なのだ。その顚末《てんまつ》が、江戸城中で吉宗に叱られるとなったら、松平右近将監の怒りは山城帯刀に向かう。

「よくて減禄、悪ければ切腹」

この場での交渉で明日が決まる。

先に客間に入った山城帯刀が、下座で聡四郎たちを待ちながら、気合いを入れた。

第五章　想いの末

一

館林藩の上屋敷、その客間へ通された聡四郎たちは、下座で控えている山城帯刀と対峙した。

「御広敷用人、水城聡四郎である」

四人のなかで聡四郎だけが名乗った。これは他の者たちは付き添いで、山城帯刀と話をするのは己だけだとの宣言であった。

「松平右近将監家臣、山城帯刀でございまする」

聡四郎に限定されてしまっては、それ以上同行者について訊くわけにはいかない。

山城帯刀は、聡四郎だけを見た。

「山城帯刀、余計な話をするつもりはない。大奥上臈松島から受け取った書状について、話せ」

聡四郎はいきなり要求した。

「たしかに、松島さまから書状をいただきました」

そこまで知られているならば、下手に隠し立てするのはまずい。ごまかせば、後ろ暗いことがあると自白しているも同然になる。

「なにが書いてあった」

「中身は知りませぬ。宛先が決まっており、わたくしはそれぞれの送付を手配しただけでございまする」

聡四郎の問いに、山城帯刀が胸を張って答えた。

「むっ」

嘘ではないだけに、山城帯刀の態度に揺れはない。聡四郎はそれ以上追及できなかった。

「どこへであったか」

宛先を聡四郎は尋ねた。

「一つは京でございました。京の近衛さま」

「実家か」

天英院は前太政大臣近衛基熈の娘である。実家へ手紙を出しても不思議ではない。

「怪しいな」

だが、それがかえって疑念を持たせた。いかに吉宗を怒らせたとはいえ、実家への手紙を出すくらいは問題ない。もっとも、江戸から京へのものだ。中身は検められる。

「なかを読まれるのを嫌ったな」

都合が悪くなければ、幕府が京都所司代宛へ送る書簡と一緒に出せばすむ。それをわざわざ松島の名前で山城帯刀へ渡し、そこから送るなど、ろくでもない内容だと見なくてもわかった。

「もう一つは」

「…………」

山城帯刀が口をつぐんだ。

「黙ってすむと思うな」

聡四郎は遠慮を捨て去っていた。

「太郎」

「……太郎」

隅に控えていた太郎を聡四郎が呼び、その名前に山城帯刀が怪訝な顔をした。

「ご無沙汰をいたしておりまする」

太郎がうつむいていた顔をあげた。

「無沙汰だと……げっ」

後ろを振り向いた山城帯刀が、絶句した。

「し、死んだはずでは……」

「上様は、使えるものを無駄にされぬ」

聡四郎が山城帯刀へ告げた。

「天英院を追い詰めるよい手になってくれた」

「きさま、天英院さまを裏切ったのか」

説明を受けた山城帯刀が、太郎を怒鳴りつけた。

「先に裏切ったのは、そちらでござる。よくも妻と子供を……」

太郎の目が血で赤くなった。

「……いたしかたなかったのだ。お家のためにはな」

山城帯刀が責任逃れをした。

「お家のためだと申したな。家のためなら人を殺しても通ると」

「…………」

聡四郎に言われた山城帯刀が黙った。

「では、覚悟はできているな」

「な、なんの覚悟でございましょう」

迫る聡四郎に、山城帯刀の腰が引けた。

「松平家に罪が及ぶ前に、そなたが腹を切る覚悟よ。すでに太郎からすべてをお聞きだぞ、上様は」

「ひくっ」

吉宗に知られていると告げられた山城帯刀が、みょうな音を立てて息を呑んだ。

「それでよいな。太郎」

「実際に手を下した者への咎めは」

妻子の恨みを終えらせられるかと尋ねられた太郎が、聡四郎を見た。

「その者たちも藩命を盾に迫られたのかも知れぬぞ」

おまえが竹姫を襲わなければならなかったのと同じだと聡四郎は述べた。

「…………」

顔をゆがめて太郎が下を向いた。

「ということだ、山城。死ね」

冷たく聡四郎が宣した。

「お、お待ちを」

山城帯刀が震えた。

「わ、わたくしも天英院さまから命じられて……」

責任を山城帯刀が、天英院に投げた。

「ほう。それを評定所《ひょうじょうしょ》で証言できるな」

「それは……」

主筋《しゅう》、しかも先々代の御台所を訴える。そのようなまねをして館林藩士でおられるはずはなかった。

山城帯刀が口ごもった。

「できぬか。主筋を売れば、武士ではおられぬ」

徳川は忠義に重きをおいているのだ。主家を売るような輩は、武士として世間が受け入れてくれない。聡四郎は山城帯刀の答えを予想していた。

「さて、もう一通はどこ宛であった」

十分脅しを利かせたところで、聡四郎が再度問うた。

「……藤川と申す、伊賀者崩れ宛でありました」

山城帯刀は肩を落とした。

「なにっ、藤川義右衛門のことか」

聡四郎が身を乗り出した。

「はい。ご用人さまもよくご存じの伊賀者でございまする」

山城帯刀も藤川義右衛門から聡四郎との確執について聞いていた。

「なにが書いてあった」

「断りましてございまする。内容を聞けば、かならず巻きこまれると思いましたので」

詰問した聡四郎に、山城帯刀が首を横に振った。

「ちっ」

思わず聡四郎が舌打ちをした。

「では、藤川はどこにおるか存じておるな」

手紙を届けたのだ、居場所を知っていないはずはなかった。

「そのときは存じておりましたが、今はわかりませぬ」

「どういう意味だ」

力なく首を横に振った山城帯刀を、聡四郎は問い詰めた。

「縁を切りましたゆえ、引き移った後は連絡をしてこなくなりました」

山城帯刀が答えた。

「隠すとためにならんぞ」

「とんでもないことでございまする。あのような者といつまでも付き合っていては、身の破滅になりまする」

凄んだ聡四郎に、山城帯刀が顔色を変えた。

「ご用人さま」

興奮する聡四郎を宥めるように、表向きの呼び方で山崎伊織が口を挟んだ。

「なんだ」

「前の居場所だけでもわかれば、そこからたぐれるやも知れませぬ。いかに忍といえどもしばらく居たところには痕跡を残しまする。野中の一軒家でも雑草を踏んだ跡などから、何人くらいが、いつ出入りしたか、どちらへ動いたかなどがわかりまする」

山崎伊織が十分価値があると言った。

「なるほどな。大海原に落ちた針を探すよりはましになるか」

聡四郎も納得した。

「どこにいた、藤川は」

「そのときは、小伝馬町の旅籠でございました」

山城帯刀が旅籠の名前を語った。

「山崎伊織」

「御免」

聡四郎に見られた山崎伊織が首肯して、腰をあげた。

「太郎、どうする」

聡四郎が念のために訊いた。

「……すまぬ」

身をすくめて山城帯刀が手をついた。

「ぐううう」

太郎がうなった。

「……よろしゅうございまする」

歯を食いしばりながら、太郎が聡四郎に告げた。

「わたくしが生きているかぎり、館林は上様に逆らえませぬ」

天英院と館林の悪巧みを太郎は知っている。いつでも切れる札を吉宗は手に入れたにひとしい。

「うむ。よくぞ申した」

聡四郎が首を縦に振った。

「山城、もし藤川から連絡があったときは、ただちに吾まで報せよ」

「わかりましてございまする」

聡四郎に命じられた山城帯刀が平伏した。

「ちとよいかの」

入江無手斎が声を出した。

「なにか」

他人の前である。聡四郎は鷹揚《おうよう》に受けた。

「襖一枚、お詫びする」

そう言うと、入江無手斎が腰に差していた脇差を抜くなり投げた。

「ぎゃっ」

苦鳴が響き、襖ごと槍を持った藩士が倒れこんできた。

「二宮《にのみや》」

藩士の顔を見た山城帯刀が、蒼白になった。

「忠義な家臣をお持ちのようだ」

言った入江無手斎はまだ残心《ざんしん》の構えを解いていない。

「これを使え」

片手の機能を失ったことで剣客を引退した入江無手斎は、太刀を佩《は》かず脇差だけしか帯びていない。その脇差を投げた入江無手斎は無手になっている。

聡四郎は脇差を鞘ごと入江無手斎に渡した。

「お借りいたす」

入江無手斎が脇差を構えた。

「まさか……」

山城帯刀が、後ろを振り向いた。

「げっ……なにをしている」

たすき掛けをした藩士数人が、太刀や槍を構えていた。それを見た山城帯刀が、目を大きくした。

「ご家老、こやつらを生かして帰せば、家が潰れまする」

先頭に立っていた藩士が叫んだ。

「止《よ》せ、止《や》めよ。すでに話はすんでいる。当家にはなんの傷もない」

山城帯刀が立ち上がって、一同を宥めにかかった。

「信用できませぬ。本来ならば殿が襲すべきだった将軍位を簒奪《さんだつ》した吉宗の配下でござるぞ。約束など守るはずもない」

「それに我らは、なんどもあやつを害する手助けをいたしました。そこを咎められれば、我らは無事ではすみませぬ」

武器を手にした藩士たちがわめいた。

「愚か者めが」

すべての行為を藤川義右衛門に押し被せようとした山城帯刀にしてみれば、自白されたも同じである。

山城帯刀が怒鳴りつけた。

「おもしろいことを聞かせてくれるな」

聡四郎も立ち上がった。

「夢というのは、寝床で見るものだ。右近将監さまが将軍になるなどあり得まいが」

「なにを言うか。殿は六代将軍家宣さまの弟で七代将軍家継さまの叔父ぞ。もっとも将軍家に近いお血筋だ。紀州あたりから不意に出てきた吉宗とは違う」

「無礼者めが。上様のお名前を口にするなど、分をわきまえよ」

聡四郎が怒鳴りつけた。目上の諱《いみな》を口にするのは最大の無礼で、手討ちにされても当然であった。館林藩士たちならば、頭を垂れて尊敬の念を見せたうえで、上様、公方さま、大樹公《たいじゅこう》、将軍家などと呼ばなければならない。

「…………」

剣術の気合いを乗せての怒声に、藩士たちが黙った。

「愚かよな、山城。このていどの者しかおらぬとは。今の一言で、こやつらを許すことはできなくなった」

「重々お詫びいたしまする」

山城帯刀が額を畳に押しつけた。

将軍を諱で呼んだ。家臣の無礼は主君の罪になる。松平右近将監に累《るい》を及ぼさないようにしたいのならばどうすればいいかを、山城帯刀は聡四郎から突きつけられた。

「少し考えればわかることだ。家宣さまが右近将監どのに将軍位を譲る気がなかったことくらいな。家宣公は右近将監どのを大名に引きあげ、加増を下さったが五万石と少しで終わった。本気で跡継ぎとなさるならば、己が出た後の甲府藩を譲ればいい」

甲府藩は家宣が将軍となったことで解散、藩士たちは旗本に組み入れられている。が、将軍を出した家柄という格は残る。そこを松平右近将監に与えるのは、世間から見てもおかしくはない。

「しかし、僅かな石高で館林に入れた。館林も五代将軍綱吉公を出した家柄ではあるが、その治政はいろいろと問題があり、家宣公はその後始末に奔走される羽目になった。また、本来五代将軍を継ぐべきであった四代将軍家綱《いえつな》公の次弟綱重《つなしげ》公の嫡男であった己を押しのけて、将軍位を奪った憎き綱吉公の城地じゃ。その館林からまたも将軍を出す。そのようなまねをなさるはずはなかろう」

「うっ」

藩士たちが呻いた。

「第一、五万石ほどの領地しか差配したことのない者を、老中たちが認めるか。心底から忠誠を誓っておるかどうかは知らぬが、神君家康公が本家になにかあったとき人を返すようにとして作られた御三家、五十万石をこえる大領を見事に支配された手腕があればこそ、反対する者なく、上様は八代さまになられたのだ。右近将監どのなど、端から相手ではない」

「だ、黙れ」

挑発に藩士たちが乗った。

「太郎、我らの後ろを警戒してくれ」

「わたくしも戦えまする」

始まる戦いから離そうとした聡四郎の意図を、太郎が拒んだ。

「武器が足りぬ。用意するまで待て。さすがに無手で刃物の相手はさせられぬ」

聡四郎が首を横に振った。

「ですが……」

「おぬしにはまだ仕事があろう。天英院を見張るという仕事が」

「……さようでございました」

聡四郎の指示を渋った太郎が、天英院の名前を聞いた途端、納得して下がった。

「そういえば、先ほど一人出て行ったと思うが」

「すでに三人が後を追っている。まもなく、仕留めて帰ってくる」

先頭の藩士が、聡四郎の疑問に答えた。

「なら、安心じゃな」

入江無手斎が笑った。

「山崎ならば、十人でも片付けましょう」

聡四郎も同意した。

「では、吾が殿よ。先手はお任せいただくぞ」

おどけたことを口にして入江無手斎が突っこんだ。

「……………」

聡四郎は止めもしない。

「ぐへええ」

「ぎゃっ」

たちまち討手のなかから苦鳴がいくつも出た。

「他愛ないのお」

討手の中央で、入江無手斎が嘆いた。

「狭い室内じゃ。槍を持ち出すなとは言わぬが、味方がいるところで薙《な》ごうとするなど論外じゃぞ。槍は腰だめにして、近づく敵の足下を狙うようにせねば、味方を巻きこむではないか。まったく、ここの槍術《そうじゅつ》指南役はなにをしておるのだ」

入江無手斎が、教えるようにしながら、槍のけら首を斬り落とした。

「ほれ、ぼうっとしておるから、槍がただの棒になったではないか」

「えっ……」

あまりの疾《はや》さに、ついて行けなかった討手が呆然と槍の先を見つめた。

「山城、そなたはどうする。手向かいするか」

聡四郎がやはり入江無手斎に見とれている山城帯刀の喉へ切っ先を模《も》した。

「わあ」

白刃の輝きは独特の迫力を持つ。山城帯刀の腰が抜けた。

「あやつらはあきらめろ。幕府役人と知っていて手出しをしたのだ。見逃す気はない」

「は、はい」

聡四郎の言葉に、山城帯刀が首を何度も上下させた。

「あと、わかっていよう。あれらをどうすれば、家に傷が付かぬか」

「……あ」

言われて山城帯刀がようやく気付いた。

「その者どもは、当家にはかかわりのない者でございまする」

山城帯刀が大声で宣した。

「ご家老、なにをっ」

「卑怯《ひきよう》な」

討手たちが騒然となった。

「無頼の浪人ということでよろしいな」

入江無手斎が確認した。

「よろしゅうございまする。松平家の無事をお願いいたしまする」

山城帯刀が聡四郎へ頭をさげた。

「上様も松平右近将監どのには隔意《かくい》なしと仰せである」

吉宗にしてみれば、もう松平右近将監は敵ではない。吉宗の相手すべきは、幕府の因循《いんじゆん》さと、朝廷の姑息《こそく》さであった。

「くそおお。裏切るか、山城……ぎゃあ」

怒りの声をあげた討手が崩れた。

「あと二人」

入江無手斎が冷たい目を残りの討手に向けた。

「わ、わあああ」

一人が背を向けて逃げ出した。

「ま、待ってくれ」

残った一人も後を追った。

「後はお任せを」

山城帯刀が逃げた者たちへの対応をすると約束した。

「山崎を追っていった三人の後片付けもな」

「……はい」

三人は死んでいると聡四郎に言われた山城帯刀が恐怖に震えた。

「邪魔をした。帰るぞ」

用はすんだと、聡四郎は入江無手斎、太郎を促して、館林藩上屋敷を出た。

山崎伊織は、屋敷を出る前に襲われていた。

「愚かな」

己を襲うくらいである。聡四郎たちにも討手が向かったと理解した山崎伊織がため息を吐いた。

「江戸城の郭内で旗本を殺して、頬かむりできるはずなどなかろうに。なにより水城さまは、上様の娘婿ぞ。その身に何かあったとき、上様がどれほどお怒りになるか。それさえわからぬとは……藤川と同じだ」

「うるさい。黙って死ねばいいのだ」

「死体など屋敷の庭にでも埋めてしまえば、誰にも気づかれぬ」

討手たちが山崎伊織に切っ先を突きつけた。

「おい」

山崎伊織が討手たちから目を離して、空中へ声をかけた。

「なにを……」

怪訝な顔をした討手の一人が、崩れ落ちた。

「嶋野《しまの》、どうした」

「ふざけるな」

仲間の急変に残った二人の討手が困惑した。

「一度で片付けよ」

山崎伊織が怒った。

「げっ」

「かはっ」

たちまち二人の討手の喉から棒手裏剣が生えた。

「江戸城の郭内は、伊賀者の庭だ」

冷たく山崎伊織が討手たちを見下ろした。

「ご支配さまのところへ行かずともよいのか」

山崎伊織の前に、黒ずくめの伊賀者が現れた。

「入江翁が付いているのだぞ。この屋敷の全員でかかっても勝負になるまい。さすがに鉄炮を持ち出すことはないだろうしな」

城中での発砲は重罪になる。山崎伊織が援軍は不要だと言った。

「それより、付いてこい。藤川の宿らしきところがわかった」

「なんだと」

「それは」

山崎伊織の報告に、御広敷伊賀者たちの声が変わった。

「小伝馬町の旅籠だ。少しでも早く、押さえるぞ。そこにはもうおるまいが、痕跡くらいは残っていよう」

「承知」

「先に行く」

指示を受けた伊賀者たちがさっと散った。

朝議は内裏《だいり》の紫宸殿《ししんでん》でおこなわれる。天皇の臨席をいただき、五摂家をはじめとする公家が一堂に会した。

朝議は大きく分けて、任官、叙位、告朔《こくさく》などの朝拝《ちようはい》を中心とするもの、節会《せちえ》や遠国へ向かう使者への賜饗《しきよう》などをする饗宴の儀になる。

とはいえ、これはかつて朝廷が実権を持っていたころのことで、任官、叙位などはあっても、饗宴などはまずない。

かといって朝議を廃止するわけにはいかない。朝議をしなくなれば、朝廷はなんのためにあるかわからなくなる。

ほとんど公家の雑談の場となっている朝議でも、身分を保つには出なければならない。一条兼香はいつものように朝議へ参加した。

「権大納言《ごんのだいなごん》はんよ」

二条吉忠が、一条兼香に声をかけた。

「なんや、権大納言」

一条兼香が応じた。

「権大納言はんが、手立てしてはった件やけど、あら、あかんで」

「麿が手立てしてた……」

言われた一条兼香が首をかしげた。

「清閑寺の娘のことやがな」

「将軍継室のことかいな。あれやったら、御上のご内諾をもろうたで。あとは、ええ日を見て、御上からお言葉を賜るだけや」

もう根回しはすんでいると一条兼香が告げた。

「知らんのかいな」

「なにをや。はっきり言いや」

一条兼香がいらだった。

「将軍やけどな、近衛はんを怒らしたで」

「それがどないしたんや。近衛を怒らしたかて……」

「近衛はんがな、昨日、御上にお目通りを願《ねご》うてな、将軍と清閑寺の姫のかかわりを奏上しはったんや。それを聞かれた御上が、婚儀はならんと仰せにな」

「なんでや。なんで、今更あかんねんな。歳の差なんぞ、いくらでもあることやないか」

一条兼香が文句を付けた。

「歳の差だけやったら、御上も許さはるわ。それと違う。将軍と清閑寺の姫が婚姻したら、禽獣《きんじゆう》に落ちるで」

「獣……人倫にもとるちゅうのか」

堂々としている二条吉忠の姿に、一条兼香が不安を見せた。

「そうやがな。なあ、近衛はん」

二条吉忠が、一条兼香の後ろに向かって呼びかけた。

「清閑寺の娘のことか」

しらじらしい顔で近衛基凞が確認した。

「せや」

やはりわざとらしく二条吉忠がうなずいた。

「あらあかんわな」

「なにがあかんねん。清閑寺の娘やけど、麿が養女にすれば、将軍の御台所にふさわしい格になるやろう」

首を横に振る近衛基凞へ、一条兼香が嚙みついた。

「そっちやないわ。権大納言、ちょっと頭を使えばわかることや。清閑寺の娘は、五代将軍綱吉の養女になってるやろう」

「……………」

それだけで一条兼香は気づいた。

「わかったらしいな。清閑寺の娘と吉宗は大叔母と姪孫《てっそん》の関係になる。これはあかんやろう。姪孫が大叔母を娶《めと》るなんぞ、人倫にもとるぞ」

近衛基凞が笑った。

「血の繋がりなんぞ、ないやないか」

「そんなもん、関係ない。今、そういう関係やろう。このことを今上《きんじょう》さまにお伝えしたら、天下の大政を委任している将軍が、禽獣に等しいまねをするなど許されぬと、随分お怒りであったわ」

言い返した一条兼香に、近衛基凞が中御門天皇の名前を出して止《とど》めを刺した。

「くううう」

吉宗に恩を売り、幕府の権力を背景にして朝廷を牛耳ろうと考えていた一条兼香の策は潰《つい》えた。

「ちいと油断が過ぎたなあ、一条の。策はなるまで目を離したらあかん。まだまだ関白の器やないわ。ほな、帰ろうか二条はん。ちと寄りや、一献進ずるよってな」

「それは、かたじけなし」

勝ち誇った近衛基凞に誘われて、二条吉忠も去っていった。

「おのれっ」

残った一条兼香が、歯がみをした。

「気づいてはおったが、そんな養女縁組みなんぞ、どうとでもなると思っておった。勅許が出れば、それを大義名分にして、清閑寺の娘を麿の養女となし、綱吉の縁を上書きすればええと思っていたのが……遅れたか。もっと早う、吉宗が清閑寺の娘に執心していると知ったとき……」

一条兼香が悔やんだ。

「……覚えておれよ、近衛、二条、この恨みは忘れへん。どうしてくれようか。やはり吉宗に教えてやることが一番やろうな。あと一歩で勅許が出るところまで来ていたのを近衛が邪魔し、一族やった二条が裏切ったために潰えたと報せてやろ。麿がどれだけの手間と金をかけて、準備を重ねてたかもしっかり書いとかな。恩は売られへんでも、機嫌くらいはとれるやろ。吉宗の怒りが朝廷に向いたとき、一条だけは巻きこまれずにすむていどの貸しにはなるやろ」

たしかに今回、一条兼香は負けた。後は、この敗退を次にどう利用するか、これができなければ、公家の領袖《りょうしゅう》として千年をこえるときを生き抜いては来られない。

すでに一条兼香のなかで吉宗と竹姫のことは終わっていた。

二

藤川義右衛門は、江戸城へ登城する旗本たちの様子を見ていた。

「大手門はああいった警固なのだな」

「あれで警固というのか」

様子を見ていた藤川義右衛門の独《ひと》り言に、郷忍の一人鬼次郎があきれた。

「通る者を見てはいるが、誰一人足留めもせぬし、あらためもない。あれが警固だというならば、江戸はざるだな」

鬼次郎が嘲笑した。

「番人たちの目をごまかして、通り抜けるのは簡単だ。とくに朝と夕方の登下城のころあいは、人の気配が多い。そのなかに溶けこんでしまえば、見つかることなく入れるだろう。なまじ人のいない他の門よりもつごうがいい」

忍の本体は擬態である。そこにあって当然なもの、庭木、庭石に身を隠し、屋敷に忍ぶ。あって当たり前なものに、人は注意を配らないものだ。人通りの多いところならば、人に紛れてしまえば、一人、二人の違和など浮きあがってはこない。

「……よく見ろ。大手門の向こうを」

藤川義右衛門があきれた顔をした。

「上から見下ろしているから、気づいていないのだろうが……大手門の奥、大きな番所があるだろう」

指先で藤川義右衛門が差した。

「あるな。番人の詰め所であろう」

言われた鬼次郎が確認した。

「少し、位置を変えて、大手門のなかを見るぞ」

藤川義右衛門が、鬼次郎を促した。

「……わかった」

大手門前の畳蔵屋根の上から、藤川義右衛門と鬼次郎は降り、北へ走って酒井《さかい》雅楽頭《うたのかみ》家の上屋敷へと移動した。

「その松の木がよかろう」

大手門前の広場へ向かって枝を伸ばしている松の木へ登れと藤川義右衛門が指示

した。

「見えるか」

「ああ。なかまで見える」

藤川義右衛門の問いに、前を向いたまま鬼次郎が首肯した。

松の木は立派なものだが、どうしても高いところは細くなる。いかに身の軽い忍でも松の枝の先に二人潜むことはできなかった。

「あれは甲賀《こうが》忍者が詰める、通称百人番所だ。大きさからそう呼ばれているが、実際は数十人もいない」

「あれが甲賀番所か」

説明を受けた鬼次郎が緊張した。

「戸障子は開かれておるし、裏側の窓障子も少しずつ開いているだろう」

「……たしかに。あそこから甲賀忍者が見張っていると」

「そうだ。甲賀忍者は大手門の番人だ。大手門警固の書院番士たちが気づかないところを見ている」

藤川義右衛門は長く御広敷伊賀者組頭を務めてきている。江戸城のことには詳しい。百人番所についてもよく知っていた。

「甲賀忍者の腕はどのくらいだ」

鬼次郎が百人番所を見ながら問うた。

「そっちのほうが詳しいだろう」

伊賀の国は山をこえれば甲賀に繋がる。伊賀と甲賀はそれこそ聖徳太子のころから、なにかにつけて比較され続けてきた。そんな両者が、相手のことを調べていないはずはなかった。

「さほどではないな。もともと甲賀は集まっての働きが主で、個別の能力では伊賀に及ばぬ。その甲賀もほとんどが幕府に引き抜かれて、江戸へ出ていった。残った者たちでは、集団を組めぬからな」

鬼次郎が敵ではないと答えた。

「なるほどな」

藤川義右衛門が理解した。

「で、江戸の甲賀者はどうなのだ。使えるのか」

「わからぬ」

重ねて訊く鬼次郎に、藤川義右衛門が首を左右に振った。

「どういうことだ」

鬼次郎が降りてきた。

「幕府がな、甲賀と伊賀をしっかり隔離してくれたのでな。こちらはあちらを知らず、あちらはこちらを知らずだ。組屋敷も伊賀が四谷、甲賀が千駄ヶ谷《せんだがや》と離れておるしな」

「それでも探りくらいは入れられるだろう」

言いわけする藤川義右衛門を鬼次郎が追及した。

「伊賀の郷は、甲賀忍者に内情を探らせているのか」

「そんなまねはせぬ。決してよそ者には何一つ見せぬ」

言われた鬼次郎が反発した。

「郷でさえ、そうなのだ。こちらの組屋敷など、郷のように忍ぶ山も谷もないのだぞ。四角四面な組屋敷の敷地を守るくらい、忍と名の付く者ならばしてのける。どのような鍛錬をし、どれくらい遣えるのか、伊賀は甲賀を、甲賀は伊賀を知っていないのだ」

藤川義右衛門が述べた。

伊賀も甲賀もその出自、成り立ち、幕府に召し抱えられた経緯などが違う。さらにもともと天下を二分する忍として、競い合ってきたという関係上、交流は皆無であった。

まだ乱世のほうが、互いに詳しかった。同じ大名に雇われたり、敵同士として戦ったり、接点があった。

だが、徳川が天下を握った結果、戦はなくなり、忍の価値が激減した。なにせ、攻めることがないのだ。敵の城に忍びこんで、その縄張りや弱点を調べずともよいし、家老や重臣を籠絡《ろうらく》して、内紛を起こさなくてもよい。

「改易」

その一言で、何万石あろうが大名は潰れる。

忍は、いつかまた活躍する日々が来ることを夢見て、技の伝承に努めるしかなくなった。そして、実戦を経験しない技は、教えた師匠をこえることはなかった。

「忍は確実に衰えている」

「…………」

鬼次郎も同じ考えなのだろう。なにも言わなかった。

「そのなかで、我らは違う。負けたときもあるが、何度も戦いを経験している。戦って生き残った我らこそ、当代最強じゃ」

「当代最強の忍……」

鬼次郎が感無量といった表情を浮かべた。

「そうだ、当代最強よ。ならば、なにも怖れるものはないな。正面から挑むとしよう」

藤川義右衛門が口の端を吊り上げた。

「ただし、今ではない。将軍に挑むには、まだまだ力が足らぬ。江戸の闇、少なくともその半分を吾が力とするまで待たねばならぬ。我らが将軍の首を獲ったとき、天下は新たな支配者の登場にひれ伏すだろう。江戸城の奥で何重にも守られた将軍でさえ殺せる。大名であろうが、十万両の財を持つ豪商であろうが、我らの手は防げぬ。となれば、我らの望みはすべて通るぞ」

「すべての望みが……」

薄い笑いを浮かべている藤川義右衛門に、鬼次郎が呑みこまれた。

「それまでの間、せいぜい我らの影に怯えるがいい、御広敷伊賀者ども。吾に従わなかったこと、後悔するがいい」

藤川義右衛門が嗤《わら》った。

「水城、おまえにも安息《あんそく》の日はくれてやらぬ。先日のように襲われる日々を怖れてすごすがいい。妻を、従者を失うかも知れない恐怖をこれからもくれてやる」

陰湿な声で藤川義右衛門が聡四郎への恨みを口にした。

館林藩との遣り取りを聡四郎から報告された吉宗が面倒くさそうな顔をした。

「近衛と御広敷伊賀者組頭だった某《なにがし》へ書状か」

「いかがなさいまするか」

側に控えている加納近江守が吉宗に尋ねた。

「なにもせん。する価値もないわ」

吉宗が手を振って、放置すると言った。

「近衛のほうは、それでよろしゅうございましょうが、伊賀者のこと、警戒を強めるくらいはいたしませぬと」

「伊賀者が数百もかかってくるわけではないのだろう」

「当たり前でございまする。そんな数の伊賀者がおるはずなどありませぬ」

吉宗の言葉に、加納近江守が驚いた。

「水城、あの馬鹿に与《くみ》した伊賀者はどれくらいだ」

吉宗が聡四郎に藤川義右衛門の配下の数を問うた。

「十名はおらぬかと思われまする」

聡四郎が答えた。

「源左《げんざ》」

吉宗が御休息の間の天井へ呼びかけた。

「これに」

すぐに天井板が開き、御庭之者が顔を見せた。

「愚かな伊賀者をどうする」

「そのていどであれば、今の状態で十二分かと」

村垣源左衛門《げんざえもん》が敵ではないと言った。

「下がってよい」

「はっ」

吉宗の手が振られ、天井板が閉じられた。

「警戒はせぬ。多少、意地もある。たかが御広敷伊賀者がどう変わっていくかを読み切れず、水城に戦いを挑んで負けた者ごときのために、躬がなぜ動かねばならぬ」

堂々と受けて立つと吉宗が宣した。

「はっ」

将軍が決意した。それを覆《くつがえ》すことは家臣としてできなかった。加納近江守が引いた。

「どちらにせよ、その愚か者の始末を付けねばならぬ。そのような連中が、城下に潜んでいるだけでおとなしくしているはずはない」

吉宗は喰えなくなった忍がなにをするか、しっかりとわかっていた。

「庶民どもに手出しをさせてはならぬ」

城下町が不穏になれば、吉宗の考えている倹約からの改革は頓挫《とんざ》してしまう。いかに武家を引き締め、天下を無駄遣いから脱却させようとしても、その改革の影響を受ける庶民たちが幕府への信頼を失えば、効果は落ちる。

「幕府に任せていれば、日々安泰だと庶民たちが信じれば、放っておいても改革はなる」

紀州で庶民とともに若いころを過ごした吉宗は、力を持つ武家よりも、数で優《まさ》る権なき庶民の思いが政を変えるには必須だと知っていた。

「町奉行にさせるしかないが……」

吉宗が嘆息した。

「町奉行はまだしも、町方役人どもが町人に飼われておりまする」

加納近江守もうなだれた。

町奉行は三千石高、旗本としてほぼ上がりの上級職なのだが、なぜかその配下たちは不浄職と呼ばれ、蔑《さげす》まれている。

犯罪を犯した者たちを捕縛し、その刑罰を執行するのは旗本の誉れある仕事ではないとされ、与力でありながら目見えさえできない。

不条理な扱いを受けているが、幕府の決まりとして改善することはできないのだ。となれば、それを受け入れるしかなくなる。町方役人たちは、不浄として忌み嫌われることに慣れ、伊賀者同様に仲間だけで固まった。

外からの介入がなくなり、町方の仕事として庶民たちと親しく交流する。そうなれば、なれ合いが生まれるのは、自然の理《ことわり》に近い。

そもそも不浄職として下に見られている町方役人の禄は少ない。禄だけで生きていけないわけではないが、人を雇って任を果たすにはきつい。となると癒着が生まれる。

庶民から金をもらって、便宜を図るようになる。最初はいい、権力を持っているほうが上に来る。だが、それも金が骨の髄まで染み渡るまでの話であり、もらっている金がなければ、今の生活が維持できないとなったとき、立場は逆転する。

金をもらって便宜を図っていたのが、金をもらうためになんでも引き受けるようになる。

「武士だけに倹約をさせるわけにもいかぬ。それに町人どもが言うことを聞かぬのもよろしくない」

加納近江守の言いたいことをしっかりと吉宗はわかっていた。

「町奉行に命じて、風紀紊乱《ふうきびんらん》を取り締まらせても無駄だろうな」

「無理でございましょう。配下全部が敵になれば、町奉行といえどもなにもできませぬ」

小さく加納近江守が首を横に振った。

「町奉行がいかに有能でも、二人で城下の安寧は維持できぬな。そんなところに、伊賀者崩れが蠢《うごめ》けば……あっという間もなく江戸の町は混乱する」

吉宗も困惑した。

「火付け盗賊改めを増員いたしましょうや」

加納近江守が訊いた。

火付け盗賊改めは、御先手組《おさきてぐみ》のなかから選ばれる。戦のとき、先陣を承る御先手組は、徳川家の武の象徴であるが、泰平の世では出番のない役目の筆頭であった。

戦がないからといって遊びほうけているわけではなく、厳しい鍛錬を欠かしてはいない。

その武力を使わないのはもったいないと、幕府は御先手組のなかからいくつかに、江戸の治安を乱す火付け、盗賊の捕縛をさせていた。

「それも一つだが、やはり火付け盗賊改めは加役《かやく》でしかない」

吉宗が難しい顔をした。加役は本役に対して、副といった意味のものでしかない。努力したところで加役の手柄は軽く見られ、出世につながりにくい。どうしても行き届かないところが出る。

「町奉行所をまず変えねばならぬが……まだ無理であろうな」

吉宗が聡四郎を見た。

「さすがに五百五十石で、町奉行は」

加納近江守も同意した。

「なにを仰せでございまするか」

聡四郎が頬を引きつらせた。

「もう少し修練させねばの」

「はい。まだまだ甘いところが多うございますゆえ」

吉宗と加納近江守がうなずき合った。

「…………」

聡四郎は何か言えば、数倍返ってくるとわかっている。無言で話の終わりを待った。

「水城」

「はっ」

声を荘厳なものに変えた吉宗に、聡四郎は心を引き締めなおした。

「伊賀の抜け忍どものこと、そなたに預ける。かならずや仕留めてみせよ」

「……承知いたしましてございまする」

将軍の命を旗本は拒めない。できるできないではなく、やらなければならなかった。

「竹との婚姻が成れば、そなたを御広敷用人の職から解く」

御台所には、専用の御台所御用人が付く。そのまま聡四郎を持ちあげにしてもよいのだが、大奥の主となった竹姫には、慣例行事などに精通した世慣れた用人がよい。

「はっ」

聡四郎は手をついた。

「心づもりだけはしておけ」

「わかりましてございまする」

聡四郎は平伏した。

三

山崎伊織たち御広敷伊賀者は、小伝馬町の旅籠を徹底して探った。まだ藤川義右衛門の一味が残っているかも知れないのだ。表から「このような者たちが滞在していなかったか」などと聞きこみをして、調べが近づいていると教えては逃げられてしまう。

「どうだ」

「やはり、気配はない」

山崎伊織に同行している御広敷伊賀者が、藤川義右衛門一味はいないと応じた。

「引き移ったな。当然と言えば当然だな。山城に居場所を知られたわけだ。よほどの馬鹿でないかぎり、宿は変えよう」

山崎伊織も同意した。

「どれ、そうとわかれば、宿の番頭に話を訊くとしよう」

旅籠の暖簾は、旅人がかぶっている笠、担いでいる荷に引っかからないよう、かなり短い。山崎伊織は暖簾の下を潜った。

「お出《い》でなさいまし。お泊まりでございますか」

すぐに番頭が応対に出てきた。

「いいや、悪いが客ではない。ここに宿泊していた者たちについて訊きたい。山城帯刀という名前に心当たりはないか」

かかわりのあった山城帯刀の名前を、山崎伊織は利用した。

「山城さま……はいはい。承っておりまする」

番頭がうなずいた。

「お手紙をお預かりしておりまする。ちとお待ちを」

「ああ、待て。その連中はどこに」

背を向けかけた番頭を山崎伊織が制した。

「一昨日お発ちになりました」

念のために問うた山崎伊織に、番頭がもういないと言った。

「そうか、どこの部屋にいた」

「この真上でございまする。外が見えるお部屋をというご要望でしたので」

「何人だった」

「たぶん、八人」

数を問われた番頭が首をかしげながら答えた。

「たぶんとは、あいまいだな。宿賃の精算に困るだろう」

「それがあまりよくわからないのでございますよ。いつも身形《みなり》が違いますし……」

指摘された番頭が困惑した。

「ただ、宿賃は多めにいただいておりましたし、夜具や食事の数以上はまちがいなく」

損はしていないと番頭が言った。

「そうか、では、預かりものを頼む」

これ以上問うのは怪しまれると山崎伊織は番頭を解放した。

「へい」

番頭が奥へ入っていった。

「おい」

「わかっている。後でな」

山崎伊織の合図に、同行していた御広敷伊賀者が、音もなく二階へ上がっていった。藤川義右衛門らが泊まっていた部屋になにか残されていないかを調べるためであった。

「お待たせを」

番頭が戻ってきて、一通の書状を取り出した。

「すまぬな」

受け取った山崎伊織が、すばやく小粒金を番頭に握らせた。

「これはどうも」

番頭の顔がにやけた。

荷物の預かりなどをしてもらうためには、相応のことをしなければならなかった。奉公人の賃金は安い。衣食住を賄われているから、生きていけているだけで酒や煙草などの嗜好品を買うことや、遊女などと戯《たわむ》れることなど、とてもできはしない。それをするには、客からの心付けが要る。宿の奉公人などは、それをもらうために尽くす。ただし、くれないとわかった段階で、一気に扱いは悪くなる。預かりものなど、心付けを渡して預けておかなければ、横領されるか、あるいは捨てられてしまう。預けるときに心付けが渡されていたならば、受け取るときには要らないだろうと考えがちだが、それも違った。

「お言付けがございまする」

心付けを懐へしまった番頭が、口を開いた。

「聞こう」

「しばらく江戸を離れるゆえ、あのことは遅れると」

番頭が伝言を語った。

「そうか。ご苦労であった」

心付けを渡していなければ、言伝《ことづて》は忘れられた。山崎伊織は肚のなかであきれながら、番頭に礼を言った。

「では、邪魔をした」

山崎伊織が旅籠を出た。

「……どうであった」

すっと背中に付いた同僚に、山崎伊織が尋ねた。

「ものの見事になにも残されていなかった」

「当然だな。痕跡を残すようでは、一人前の忍とは言えぬ」

山崎伊織が苦笑した。

「江崎《えざき》」

「目はなかった」

呼びかけた山崎伊織に、別の御広敷伊賀者が応えた。

忍が宿を移すとき、古い場所を見張ることはままある。古い場所を見張ることで、調べに来た者の正体を逆に探ったり、仲間内で情報を漏らした者がいなかったかどうかなどを確認する。それを山崎伊織は別の者に確認させていた。

「となれば、残るのはこれか」

山崎伊織が懐から書状を出した。

「館林藩の家老に宛てたもの……藤川義右衛門の後ろ盾だった男への報せ」

「ふむ。それなりの値打ちがありそうだが……」

江崎と呼ばれた御広敷伊賀者が、疑いの目を書状に向けた。

「あの藤川が、まっとうなことを書いているとは思えぬぞ」

「ああ。とりあえず、なかを検めるか」

山崎伊織が、書状を開いた。

「……ふざけたことを」

読み終えた山崎伊織が吐き捨てた。

「どうした……見せてくれ」

江崎ともう一人の御広敷伊賀者が、山崎伊織から書状を奪った。

「……これは」

読み終えた二人も顔を見合わせた。

「金を取りに行くとしか書いていないぞ。どこへ移るか、次の連絡方法はどうするかなどが、一切ない。これは決別だぞ」

忍が居場所を隠せば、まず見つけ出すことは難しい。

「山城とかいう家老に人を付けるしかないか」

江崎が嘆息した。

「それも駄目だろう。山城帯刀が、縁を切ったと言っていたからな。藤川義右衛門がそれに気づかぬはずはない」

山崎伊織が首を横に振った。

藤川義右衛門が御広敷伊賀者組頭だったときの配下だったのだ。藤川義右衛門のことには精通している。

「たしかにな」

「気配を読むのはうまかったな」

江崎たちも同意した。

御広敷伊賀者を束ねる組頭に求められるのは、手裏剣の腕前でも剣術の技でもなかった。御広敷の主人たる大奥女中たちの要求をいかにうまく感じ取り、満足させるように片付けるかということであった。

「見事な嫌がらせであるしな」

江崎が書状を振った。

「ああ。天英院の依頼を山城帯刀が仲介し、藤川義右衛門が百両で引き受けた。その依頼が、上様殺しだと、ごていねいに書いてある」

「まちがいなく、この書状を受け取るのが山城帯刀ではないと確信していたな」

山崎伊織も頬をゆがめた。

「探索は中止だ。守りを固めるぞ」

潜んだ伊賀者を探し出すには、膨大な人員と手間が要る。山崎伊織は藤川義右衛門を追いかけるのをあきらめ、襲撃を防ぐ態勢へと切り替えた。

一条兼香からの報せは、京都所司代の手を通じて、御用飛脚で送られた。西国に何かあったとき、すぐに江戸へ報せが届くようにと設けられた御用飛脚は、京から七日で届けられる。

「上様へ」

五摂家からの書状とあれば、老中といえども勝手に開封することはできない。書状は文箱に入れられたまま、吉宗のもとまで届けられた。

「うむ」

老中久世《くぜ》大和守重之《やまとのかみしげゆき》が差し出した文箱を、吉宗が受け取った。

「下がれ」

吉宗が久世大和守へ指示した。

「畏れながら、京の一条さまからの急飛脚とあれば、大事かも知れませぬ。天下の政を預かる者の一人として、内容を知っておきたく存じまする」

朝廷から急飛脚が来るなど、滅多にない。天皇の崩御や陰陽寮《おんようりよう》が不吉を読んだときなど、将軍一代の間に、一度あればいいほうであった。

「……控えておれ」

政のためと言われてはいたしかたないと、吉宗が久世大和守の求めを認めた。

「…………」

書状を開いて読み始めた吉宗の表情が、一気に険しいものに変化した。

「腐れどもが……」

吉宗が罵った。

「誰が禄をくれてやっていると思っているのだ。あの愚か者どもめ」

「ひいっ」

「…………」

その怒りのすさまじさに久世大和守以下、小姓たちも震えあがった。

「上様、ご自制を」

一人平静を保っていた加納近江守が、吉宗を宥めた。

「……一同、出て行け」

吉宗が手を振った。

「は、はい」

久世大和守が率先して逃げ出した。

「上様、なにが書かれておりました」

「水城を呼んでこい。話はそれからだ。あやつが来るまでの間、誰も躬に話しかけるな。そなたもじゃ」

訊いた側近に冷たく命じると、吉宗が書状を握りつぶした。

「はっ、ただちに」

加納近江守が急いで御休息の間から出た。


山崎伊織から藤川義右衛門の行方を追えなくなったとの報告を受けた聡四郎は、御広敷伊賀者たちを預かる者として、苦吟《くぎん》していた。

「八名ほどの伊賀者が上様を付け狙うとなれば、御庭之者だけでは手が足りまい」

吉宗が紀州から連れてきた腹心で構成される御庭之者は、伊賀者を凌駕《りようが》する腕を持つが、いかんせん人数が少ない。

そこへもってきて、吉宗の指示で、全国の状況を調べるための遠国御用やら、江戸の城下の現況を確認する江戸向地《むき》回り御用などに、人が割かれてしまっている。

当たり前のことながら、御庭之者といえども休みは要る。三日、四日くらいは寝ずにいられても、それが十日となると無理になる。非番と当番の二つに分けなければ、いざというとき実力の半分も出せないことになりかねなかった。

「かといって御広敷伊賀者も余裕がない」

定員六十四名の御広敷伊賀者だが、何人かが藤川義右衛門に与《くみ》したため、数が減っている。もともと伊賀者は特殊な鍛錬を重ね、技能を高めてやっと使いものになるのだ。欠けが出たからといって、すぐに補充がきくものではなかった。

「上様の警固は絶対だが、大奥に穴も空けられぬ」

竹姫という吉宗の弱点が大奥にはある。竹姫になにかあれば、吉宗がどうなるかわからない。

「水城、お召しじゃ」

そこへ加納近江守が駆けこんできた。

「近江守さま、いかがなされた。ずいぶんと慌てておられるようだが」

聡四郎がいつもの落ち着いた加納近江守とは違い過ぎる様子に驚いた。

「京の一条さまより、上様に書状が参ったのだ。そして、その書状を読まれた上様が激怒なされて……」

「一条さまからのご書状とあれば、竹姫さまのことでございましょう」

京で竹姫と吉宗の婚姻について、いろいろと下工作をした聡四郎である。一条兼香の書状で吉宗が怒る理由に思い当たるものはなかった。

「とにかく、参れ」

手を摑まんばかりにして、加納近江守が聡四郎を急がせた。

四

御休息の間で一人になった吉宗が煩悶《はんもん》していた。

「幕府を立て直すために、将軍となった」

吉宗がつぶやいた。

「将軍となったおかげで、竹と出会えた」

御三家の紀州家当主といえども、大奥へ入ることは許されない。また、忘れられた姫であった竹姫が、外へ出てくることもない。もし、吉宗が将軍にならなければ、二人は決して触れあうことはなかった。

「しかし、将軍なればこそ、躬は竹を娶れぬ」

徳川幕府は代を直系で繋いできているという形式をとっている。初代将軍家康が、次を譲ったのが息子の秀忠《ひでただ》だったというのを故事にしているのだ。

二代将軍秀忠は子家光に、三代将軍家光は嫡男家綱へ代を受け渡した。

これが前例となった。

将軍職を徳川は家職とし、代々直系で相続するという形を取り、こうすることで他の大名たちが将軍になることを防いだ。

しかし、いつまでも直系相続が続くわけではない。四代将軍家綱に子供がいなかったため、実際の直系相続はここで絶えた。だが、絶えたとは言えない幕府は、五代将軍となった綱吉を兄家綱の養子にすることで、継承の形だけを守った。

前将軍の養子になることで、その地位を受け継げる。吉宗にとってもありがたい慣例だったが、これが致命傷になった。

「大叔母と姪孫《てっそん》……」

吉宗が情けない顔をした。

「上様、水城を連れて参りました」

加納近江守と聡四郎が御休息の間に入ってきた。

「読め」

強く握りしめたため、皺のよった書状を吉宗が投げ出した。

「拝見」

「ごめんを」

加納近江守と聡四郎が並んで書状を覗きこんだ。

「……うっ」

「これは……」

たちまち二人の顔色が悪くなった。

「勅許は出ぬ。どころか、ご宸襟《しんきん》を悩ましたとして、決して許されざるとある」

吉宗が重い声を出した。

「竹姫さまのご養女縁組みを解消なされては」

綱吉の養女だからこその禁忌《きんき》なのだ。それがなくなれば問題はなくなる。

「できぬ」

加納近江守の提案を、吉宗が否定した。

「下から目上の縁を切ることは許されぬ」

竹姫を養女にしたのは綱吉だ。将軍と清閑寺の娘では、綱吉が上になる。儒教の教えを根本としている幕府、その頂点だった綱吉との縁を竹姫が切ることはできなかった。

「では、一度竹姫さまに仏門へ入っていただき、俗世の縁を断ちきって……」

「阿呆、尼を嫁にできるか。還俗《げんぞく》させたら、その段階で切れた縁は戻るだろうが」

聡四郎の言葉を吉宗が一蹴した。

「なんとか……」

「もうよい」

他の手立てをと言いかけた加納近江守を吉宗が抑えた。

「子を殺されかけ、惚れた女は手の届かないところへ連れて行かれた」

吉宗が静かに語り出した。

「どちらも、もう終わったことだ」

「…………」

長福丸のことはもちろん、中御門天皇にまで届いた以上、竹姫の話も表沙汰になった。今更、知らぬ顔で側室にすることはできなかった。将軍が誰を側室にしようが、朝廷の許可は不要であった。それを吉宗は正室に迎えたいがために、いろいろと手を打ってきた。吉宗の誠意が仇《あだ》になってしまった。

「上様……」

「…………」

加納近江守と聡四郎はいたましい目で吉宗を見るしかなかった。

「守るべき次代を壊され、愛《いとお》しむべき女を奪われた」

もう一度噛みしめるように言って、吉宗が瞑目《めいもく》した。

「これが代償だというのであろう。天下を救おうとした躬の大きすぎた願いへのな」

ため息を吐くような口調で吉宗が嘆いた。

「水城、竹姫に詫びてくれ。躬の失策であったとな」

吉宗が目を閉じたまま命じた。

「しかし……」

まだ望みはあるはずだと聡四郎は首を横に振った。

「ならぬ。政をなす者は、誰よりも倫理に長《た》けておらねばならぬ。躬を非難する口実を、朝廷に与えるわけにはいかぬ」

吉宗が厳しく言った。

幕府は朝廷を押さえつけることで、大政委任をさせている。少しでも幕府の力が緩めば、朝廷は頭をもたげる。そして朝廷が顔をあげたとき、天下は乱れるのだ。

「……………」

「その書状を持って行け。天英院あたりから報される前に、竹へ伝えよ。それが躬にできる最後の気遣いである」

天英院のもとにもいずれ京から報せは届く。快哉《かいさい》を叫んだ天英院が、竹姫にどれほどの雑言《ぞうごん》を浴びせるか、想像に難くない。知っていれば少しでも竹姫の受ける衝撃は軽くなる。

「はい」

聡四郎は深々と頭を垂れた。

「そして……」

吉宗の雰囲気が竹姫を気遣うやさしいものから、氷のような冷たいものへと一変した。

「二度と竹と天英院が出会うことのないように厳命をいたせ。姉小路もじゃ。館から外へ、たとえ廊下であろうが、庭であろうが出すことを許さぬ。どのようなまちがいがあっても、竹姫の目のなかに、天英院を入れさせるな」

「はっ。では」

「……行ったか」

御休息の間から聡四郎の姿が消えたのを見て、吉宗が表情を変えた。

「近江」

「はっ」

加納近江守が、傾聴の姿勢を取った。

「躬の欲したものが手から落ちた。この手にはなにが残る」

「…………」

問われて答えられるものではない。加納近江守が黙った。

「残ったのは、名前だけよ」

「名前でございまするか」

「ああ」

確認した加納近江守に、吉宗がうなずいた。

「近江。躬は肚を据えた」

「はっ」

加納近江守が背筋を伸ばした。

「永遠に語り継がれる者となろうぞ。乱れた天下をただした名君として、誰もが躬の名を讃《たた》えるようにな。そのために、躬はもう迷わぬ。神が立ちはだかるならば殺し、仏が邪魔をするならば滅ぼそうぞ」

「上様……」

淡々と言った吉宗に、加納近江守が怯えた。

「遠慮はもうせぬ」

吉宗が昏《くら》い笑いを浮かべた。

急ぎの目通り願いを受けた竹姫は、聡四郎を局へ招いた。

「なにごとかの」

竹姫は聡四郎の顔色の悪さに、不吉なものを感じたのか、小さく声を震わせた。

「これを上様より、姫さまにご披見いただけと」

聡四郎は懐から書状を出した。

「どうした、水城」

その手が震えていることに竹姫が気づいた。

「…………」

聡四郎は無言で平伏した。

「なにがあるのじゃ……」

怪訝そうな顔で書状を手にした竹姫が、その握りつぶされたような皺に眉をひそめた。

「誰がこのようなことを」

つぶやきながら、書状を開いた竹姫が止まった。

「姫さま」

「いかがなさいました」

鹿野と鈴音が腰を浮かせた。

「水城、そなた姫さまになにをした」

鹿野が聡四郎を糾弾した。

「止めよ、鹿野」

竹姫が声を出した。

「一条権大納言さまからの報せであったか」

「……はい」

聡四郎は顔をあげられなかった。

「公方さまはなんと」

「躬にできる最後のことだと、わたくしをこちらへ」

「そうか、天英院か」

聡四郎の答えで、竹姫が背後に誰がいるのかを理解した。

「水城、竹は承知いたしましたと公方さまへお伝えを」

「かしこまりましてございまする」

静かな竹姫の声を受け取って、聡四郎は局を後にした。

「ああああああ」

襖を閉じた途端、聡四郎の耳に竹姫の号泣が聞こえた。

「……無力なり」

聡四郎は肩を落とした。


号泣していた竹姫が不意に泣き止んだ。

「姫さま」

すでに書状は鹿野、鈴音、袖らによって回覧されており、竹姫の嘆きが何に起因しているか、一同は理解している。

「いかがなさいました」

身も世もないと泣いていた竹姫の急変に、鹿野たちが顔色を変えた。

「お身体になにか」

鹿野が駆け寄った。

「……このようなときに」

竹姫が独《ひと》りごちた。

「なにがでございまするか」

鈴音も竹姫の背中に手を当てながら問うた。

「股から、熱いものが溢れた」

強い衝撃が竹姫の体調を変えた。

「それは……」

「まさか」

竹姫の言葉に、鹿野と鈴音が顔を見合わせた。

「ご無礼を」

袖が竹姫の裾を割った。

「……おめでとうございまする」

確かめた袖が、平伏した。

「めでたい、そうか、めでたいのか」

竹姫がなんとも言えない顔をした。

「生涯ただ一人のお方との決別を知った日に……」

竹姫が吐き捨てた。

「このような身体……」

自らの手で竹姫が股間を殴ろうとした。

「お待ちを、姫さま」

袖が手を押さえた。

「離しや、袖」

竹姫が珍しく声を荒らげた。

「いいえ、離しませぬ。竹姫さまが傷を負われては、せっかくの機が潰《つい》えまする」

「機とは、なんのことじゃ」

袖に言われた竹姫が首をかしげた。

「月のものを見たというのは、姫さまの身体が男を受け入れられるようになったとの証でございますれば」

「……よいのか」

竹姫が確かめるように問うた。

「それこそ、女の特権でございまする」

力強く袖がうなずいた。

「ただし、十日ほどはお待ちくださいませ。さすがに……」

「わかっておるわ。では、十五日としよう」

竹姫が頬を染めた。

この日、竹姫の局から表使のもとへ、紅《べに》の注文が出された。

終章

太陰暦でいけば、十五日はかならず満月になる。

「公方さまにお渡しあれ」

下の御錠口まで鈴音が足を運び、黒塗りに青竹の柄が入った塗りの文箱を、聡四郎へと託した。

「たしかに受け取りましてございまする」

聡四郎は文箱を目の上に掲げ、御台所から将軍への文として運んだ。

「……竹からか」

吉宗が静かな声で迎えた。

「一同、遠慮せい」

加納近江守が、小姓たちを排除した。

「…………」

大奥の文箱は小さいものでも、一間（約一・八メートル）をこえる紐でくくられている。これは将軍の寿命が長くあるようにとの意味がこめられていた。

ゆっくりと優しい手つきで、吉宗が紐を解いた。

「短冊か」

吉宗が文箱から一枚の短冊を取り出した。

「潮満ちて　君の船出を　待つ月夜」

短冊を吉宗が読みあげた。

「上様、それは」

「……………」

稚拙《ちせつ》な句にこめられた竹姫の願いを誰もが理解した。

「そうか。竹も一人前になったか」

吉宗が喜んだ。

「ならば、躬も応えねばならぬな」

「はい」

「是非に」

告げた吉宗に、加納近江守と聡四郎も同意した。

「水城、大奥総目付として、女中どもに命じよ。上の御錠口番を除いたすべての者は、今宵五つ（午後八時ごろ）より、深更（午前零時ごろ）過ぎまで局で待機、外出を禁じる」

「はっ」

「上の御錠口番には、言い含めておけ。今宵のことは他言無用とな」

「承知いたしました」

聡四郎は手配のため、吉宗の前を下がった。

「ただ一夜だけの妻……か。近江、躬は継室を求めぬ。なれど長福丸があのような状況では、政の継承に不安がある。男子は多いほどよい」

直系、実の親子でないかぎり、先代将軍の政策は次代に受け継がれていかない。五代将軍綱吉が、甥の家宣を世継ぎとするときに、かならず生類憐れみの令だけは続けるようにと命じたにもかかわらず、あっさりと破約されたのがいい例である。

吉宗の目指す武に拠《よ》り、質素を旨とする幕府は、贅沢と怠惰に慣れた武士たちの評判が悪い。もし、九代将軍を吉宗の子でない者が継げば、まずまちがいなく改革は止まる。

「側室となる女を探しておけ。美醜《びしゅう》は二の次、健康で多産の家系の女をじゃ」

「はっ」

正室を持たないと言った吉宗の意図を加納近江守が汲んだ。

人気《ひとけ》のなくなった大奥を、吉宗は案内の女中も連れず、一人で歩いていた。

「……………」

その吉宗を竹姫の局の前で鹿野が待っていた。

「こちらへ」

鹿野が小声で、吉宗を誘《いざな》った。

「畏れ入りまするが、こちらでお着替えを願いまする」

次の間で鹿野が求めた。

将軍を次の間で着替えさせる。無礼でもあり、異例でもあったが、吉宗は無言で立ち止まり、女中たちのするに任せた。

「ここからは、お一人でお進みくださいますよう。次の間にて、我らが控えております。御用があれば、お声をおかけくださいますよう」

着替え終わり夜着となった吉宗の前で、鹿野が手をついた。

「うむ」

頷いた吉宗が、上の間との境、襖を開けた。

「……ようこそのお出でてでございまする」

夜具の足下で、髪をおすべらかしにし、白絹の夜着に身を包んだ竹姫が待っていた。

「お招きに応じて参上いたした」

吉宗がうなずいて、夜具の上へ腰を下ろした。

「参れ、竹」

「はい」

手を広げた吉宗の胸へと竹姫が倒れこむようにして抱きついた。

「紅を塗ったか、似合っておるぞ。そなたが紅を引いたのを初めて見た」

吉宗が竹姫の顔を見て褒めた。

「一夜限りの夢。紅は女の武器でございまする」

竹姫が吉宗を見つめた。

「…………」

黙って吉宗が竹姫に口づけをし、そのまま夜具へと横たえた。

一刻（約二時間）ほど後、襖を開けて吉宗が出てきた。

「…………」

誰もなにも言わず、吉宗の身支度を淡々と調《ととの》え、そのまま送り出した。

「鹿野」

吉宗の気配が局から消え去ったころ、上の間から竹姫が声をかけた。

「はい」

走るようにして、鹿野が上の間へと入った。

「姫さま……」

夜具の上で裸の竹姫が泣いていた。

「うれし泣きじゃ、心配するな」

慌てて近づこうとした鹿野を、竹姫が制した。

「生涯ただ一度の想いが叶った」

竹姫が己の下腹に手を当てた。

「ここに公方さまの精を受けた。好いた男《おのこ》の胤《たね》を宿せたのだ。女として生まれたことを今日ほど誇らしく思ったことはない」

ときどき痛みに顔をしかめながらも、竹姫は幸せそうであった。

「今宵の思い出だけで、妾は生きていける」

「姫さま……」

鹿野が顔を畳に押しつけて泣いた。

「またぞろ、妾は忘れられた姫に戻る。もう、二度と日の当たるところには出ぬ。それでも付いてきてくれるか」

「も、もちろんでございまする」

竹姫の願いに鹿野が強くうなずいた。

「そなたに十分報いてやれぬことだけが残念じゃ」

竹姫がさみしそうに言った。将軍御台所の側近と忘れられた姫の世話役では、その権、金に天と地ほどの差がある。

「とんでもございませぬ。この鹿野、終生姫さまのお側に」

鹿野が誓った。

「ありがとう」

竹姫が頭をさげた。

「そこの紅をとってくりゃれ」

動けば痛いのか、竹姫が鹿野に頼んだ。

「はい」

鹿野が文机《ふづくえ》の上に置かれていた紅の入った貝殻を竹姫のもとへ届けた。

「……公方さまがな、妾に似合うとお褒めくだされた」

貝殻を開けた竹姫が左手の小指で紅をすくい、己の唇に置いた。

「それはようございました」

鹿野も喜んだ。

「これを封じてくれ」

貝殻に蓋をして、竹姫が鹿野に紅を渡した。

「なぜでございまする。お気に入りならばお使いに」

「紅は愛しい男を迎えるために付けるものじゃ。もう、妾にその日は来ぬ」

「…………」

竹姫の悲嘆に、鹿野が黙った。

「この紅を付けるのは、生涯であと一度。妾が死して魂となり、公方さまのお側に寄り添えるとき。そのときまで、そなたに預ける」

死に化粧のおりまでしまっておけと竹姫が命じた。

「はい」

涙をぬぐうこともなく、鹿野が紅を胸に抱いた。

翌朝、登城した聡四郎は、御広敷ではなく御休息の間へと伺候した。

「毎度毎度、他人払いをさせるなど、分を……」

小姓組頭の苦々しげな顔も、もう聡四郎は気にしなかった。

「参ったか」

吉宗がいつものような顔で聡四郎を手招きした。

「ご機嫌麗しく……」

「そんなわけがなかろう」

型通りの挨拶を、吉宗が遮った。

「一度なればこそ、許された夜じゃ」

大奥は女の城だ。女は悲恋というものを好み、寛大に見逃す。しかし、それが度をこし、悲恋でなくなったとき、女たちはそれを許さなくなる。

竹姫のもとに吉宗がひそかに通う。一度だからこそ、皆、袖を濡らして認めてくれた。が、度重なれば足を引っ張る。人倫にもとると朝廷から禁じられた吉宗と竹姫の仲なのだ。それがひそかに繰り返されていると、世間に広められたら、吉宗の政に大きな足かせがはまる。

「いたらず、申しわけもございませぬ」

聡四郎は謝罪した。

「よいわ」

手を振って吉宗が免じた。

「水城、紅はいつ子を産む」

吉宗が話題を変えた。

「腹が下がって参ったので、そろそろではないかと、昨日、診《み》に来た産婆が申しておったそうでございまする」

聡四郎が答えた。

「一つ頼みを聞いてくれ」

吉宗が表情を真剣なものに変えた。

「なんなりとお申し付けをくださいませ」

「そなたの子の名付けを竹にさせてやってくれ」

応じた聡四郎に、吉宗が言った。

「竹は子を産めぬ。妻にも母にもなれぬ。そんな身でありながら、昨夜、妻のまねごとをしてくれた。ならば、母として子の成長を楽しんで欲しいのだ。そうそう会うこともできまいが、年に一度くらいは紅に連れられて大奥へあがるくらいはいけよう。竹に生きがいを与えてやりたいのだ」

吉宗が頭をさげた。

「とんでもないことをなさいます」

将軍に頭をさげさせた。そんなことが外に知れれば、聡四郎は目付からどのような咎めを受けるかわからない。聡四郎はあわてた。

「承知いたしましてございまする」

「紅は大丈夫か」

引き受けた聡四郎に、吉宗が気遣いをした。

「憚りながら、紅はよき女でございまする。上様のお心を違えるようなまねはいたしませぬ」

「であった。躬の自慢の娘じゃ」

のろけた聡四郎に、吉宗が笑った。

「水城聡四郎」

ふたたび吉宗が雰囲気を厳粛なものへと戻した。

「御広敷用人の職を解く。別命あるまで屋敷にて控えておれ」

「ははっ」

聡四郎は額を畳につけて、吉宗の命を受けた。


吉宗と竹姫のただ一夜の思い出から十日、紅は無事に女の子を出産した。

「ありがとう」

聡四郎は産屋《うぶや》に紅を見舞い、心からの礼を口にした。

「大事にしてね。この子が嫁に行くまで、危ないまねは禁止だから」

紅が腕《かいな》に抱いた娘をやさしい目で見つめながら、聡四郎に釘を刺した。


「これをもって宿下がりを許されましてございます」

袖が大奥を下がったと告げた。

「お帰りなさい」

紅が笑顔で迎えた。

そのお七夜《しちや》、大奥から白絹などの祝いとともに袖が、竹姫の文箱を届けに来た。

「名前よね」

文箱を前に紅と聡四郎は一礼した。

すでに紅も竹姫が名付け親になることを了承していた。

「二人も母親ができるのよ。この子の幸せは決まったも同然」

文句を言うどころか、大喜びした紅は、聡四郎が文箱を開けるのをじっと見つめていた。

「……紬《つむぎ》」

開かれた紙には大きく紬と書かれていた。

「……由縁《ゆえん》は書いてある」

紅が問うた。

「ああ。人と人の縁を紡《つむ》ぎ、想いを重ねていくようにと……姫さま」

読み終えた聡四郎は瞑目した。

「紬……いい名前」

紅が小さくつぶやいた。


（完）

あとがき

『御広敷用人　大奥記録』シリーズの最終巻をお送りいたします。平成二十四年五月に第一巻『女の陥穽』で開幕いたしました物語も、十二巻目となる『覚悟の紅《べに》』にて閉幕となりました。丸五年の間、お付き合いいただきありがとうございました。

この物語はやはり光文社時代小説文庫で展開いたしております『勘定吟味役異聞』シリーズの続編となります。お読みいただいた方にはおわかりかと存じますが、これは水城聡四郎の成長物語であります。

兄の急病死で唐突に当主となった聡四郎が、旗本として、役人として、将軍側近として世間の荒波に揉まれていく。また、独身から恋をして、妻を娶り、子をなすという男として成長していく。ここまでを『勘定吟味役異聞』から二十巻をかけて進めて参りました。

間に中断していた時期もありましたが、水城聡四郎とのかかわりは、足かけ十三年に及びます。その間に、いろいろなことがありました。

「勘定吟味役異聞」シリーズ第一巻『破斬《はざん》』を上梓した二〇〇五年、日本はバブル崩壊の余波ともいうべき経済危機から脱することができず、苦悩していました。その三年後、『勘定吟味役異聞』が終わりを迎える寸前、リーマンショックが世界を襲いました。

日本はバブル崩壊から二十年以上を不況のなかに苦吟し続けて参りました。ゆとり教育というのもありました。ちょうど、私の子供たちがその世代にあたります。もっと子供をのびのび育てさせようという文部科学省の考えは、残念ながら失敗に終わりました。中国を始めとする新興諸国の熱心な教育に大きく水をあけられ、次世代の日本の先行に不安をもたらしてしまいました。

資源を持たない日本の財産は、勤勉な性質と高い教育水準であったのを捨ててしまおうとした。一部には、日本の発展を怖れた外国の圧力によるという陰謀説もありますが……。

ちなみにゆとり世代の我が息子たちは、「これだからゆとり教育は」と罵《ののし》られるが、そうさせたのは親の世代だから、責任をこちらに持って来るなと苦情を言います。

言うとおりです。小学生や中学生になんの責任をとらせるわけにもいきません。すべては親の指図であったわけです。

政府、役人がやったことで、私たちには関係ないという言いわけは通じません。その政府を構成する議員を選んだのは、私たちなのです。私たちは自由民主主義の国に生きています。選挙で政治家を通す、落とすを決める権利を持っています。この権利を私たちは十全に行使できているのでしょうか。

昨今も政治家の醜聞がマスコミを賑わせています。特定の学園に便宜を図っただとか、不倫をしただとか、よくもまあ話が尽きないものだと思います。政治家のほとんどは、真面目な方のはずです。でなければあまりに国民が哀れです。

私の高校の同級生に政治家がいます。高校時代にはほとんどつきあいはなかったのですが、同窓会で会ったとき偶然隣の席になり、ゆっくりと話をしました。当時の彼はまだ一年生議員でした。そのせいもあったのかも知れませんが、彼は熱く教育、外交について語ってくれました。ああ、政治家とはここまで未来を見据え、現状に危機を覚えているのだなと感心したことを覚えています。

おそらくほとんどの政治家諸氏は、彼と同じ思いを抱いているのでしょう。ごく一部、政治家ではなく、政治屋が金のために碌でもないことをしでかす。

これはどの業界にもいます。読者の皆様方も、周囲に金さえもらえばいい、己《おのれ》さえ出世できればいいといった連中がいたことをご存じでしょう。

実社会では、こういった碌でもない者を排除するのは不可能に近いです。そういった連中ほど上の受けがよかったり、外聞を取り繕ったりしている。しかし、政治家だけは別なのです。選挙民の方が、こんなやつに政治をさせてはいけないと考え、落選させればすむ。これこそ国民による政治の監視ではないでしょうか。

まあ、いろいろな柵《しがらみ》があり、なかなかそう簡単ではないですが。

それに比して江戸時代は、政《まつりごと》は庶民とは縁のないものでした。当初、徳川幕府も徳川家の領地の管理と大名たちの統制を主とし、庶民のことは考えていませんでした。これが変わったのは、五代将軍綱吉のころでしょう。武士から経済が商人に移った。金が商人を中心に回り出したことを幕府も無視できなくなりました。幕府はようやっと庶民の価値を認めたと言えましょう。その結果が、八代将軍吉宗による享保の改革に繋がります。

堕落した武家を締め直すには、その原因となった商人をどうにかしなければならない。吉宗はその育ちのせいもあり、金の重さを身に染みてたのだと思います。

現代でもそうですが、金がなければ人は生きていけません。吉宗は武家の衰退をそこに求めました。一所懸命というほど大切な土地ですが、戦国から百年をこえて開発が進み、もう新田開拓はしつくしていました。武士にとって増収は、加増です。その加増をする原資たる土地がない。

収入を増やせないならばと、吉宗は天下の経済を収縮させることで、金の影響力を下げようとしました。それが倹約です。金は遣わない限り、経済を活性化させません。経済が活性化すると、需要が増え、物価は上昇します。物価が上がることで売り上げが増え、庶民の収入も上がる。収入が上がれば、生活に余裕ができて贅沢品を購入するようになる。こうして遣われた金がより一層経済を回す。現在の総理大臣安倍晋三氏が提唱されているアベノミクスの本質です。

この逆を吉宗はしようとしました。庶民も巻きこんでものを買わさないようにした。金が動かなければ、ものは売れなくなる。売れなくなれば物価は下がる。物価が下がれば、収入の変化がない武家の生活は楽になる。これが享保の改革の狙いだと私は考えています。

たしかに思いきった政策で、効果はあるでしょう。ただし、恩恵を受けるのは武家だけで、それ以外の身分は皆打撃を受けます。ものが安くなれば、生産者はもとより販売者も儲けが出ません。そして吉宗の予想を裏切ったのは武家でした。一度贅沢を覚えた武家が、倹約に耐えられなかった。

結果、吉宗が死ぬなり、改革は骨抜きになり、松平定信《さだのぶ》が登場するまで、ふたたび天下は爛熟《らんじゅく》していくことになりました。

さて、本シリーズはその享保の改革に至るまでの話です。メインテーマは政治的な継承としておりますが、裏のテーマは将軍の恋です。

このあとがきを書く前、宮家の親王さまが一般人の男性との婚約を発表なさいました。まことに慶賀なこととお祝い申しあげます。天皇家に繋がるご一門が自由な恋愛で結ばれる。これは戦前まであり得ないことでした。ましてや江戸時代など、庶民でもまず難しいことでしょう。婚姻初夜まで互いの顔を知らないというのが当たり前だったのです。

将軍は天下人です。周囲にたえず人がいて、自由に出歩くこともできない。そんな将軍が恋をするなど、吉宗までなかった。家康は鷹狩りのついでに側室を見つけてきたりしましたが、これは恋愛ではありません。気に入った女を権力者が奪ってきただけなのですから。しかし、吉宗と竹姫は違います。二人の恋は哀しい結末で終わると歴史が証明しています。でも、私はそこに武家の世界を守るため、将軍という重い役目をあえて背負った男の救いを求めたかった。

この本の末尾で、吉宗の恋は終わりました。

お読みくださった皆様は、どのようにお感じくださいましたでしょうか。

天下人は孤独です。すべての責任を負うのですから。その苦難に耐える男の救いは、やはり女なのではないでしょうか。


長々と失礼をいたしました。

吉宗の恋は終わりましたが、聡四郎の物語はもう少し続きます。あらたな舞台を用意して、ふたたび皆様の前に帰って来たいと思います。

では、このシリーズをお読みくださった皆様に、もう一度深くお礼を申しあげます。さらに続けていくお手伝いを下さった編集者M氏、画家の西先生、デザイナーの多田先生、本書を売ってくださった書店の方々に感謝します。

ありがとうございました。

平成二十九年初夏　雷鳴轟く雨の夜に

上田秀人　拝

解説

末國善己《すえくによしみ》
（文芸評論家）

水城聡四郎《みずきそうしろう》が初登場したのは、〈勘定吟味役異聞〉シリーズの第一巻『破斬《はざん》』だった。徳川六代将軍家宣《いえのぶ》の側近・新井白石《あらいはくせき》は、勘定吟味役を復活させる。幕府の金の流れを監視する重要な役職に抜擢されたのが、一放流《いっぽうりゅう》の達人ながら無名の青年・聡四郎だったのである。聡四郎は、恩人の白石と対立しながらも、貨幣改鋳《かいちゅう》を行った荻原近江守《おぎわらおうみのかみ》、七代、八代将軍位をめぐる政争、さらに大奥のスキャンダルなど、実際に起こった事件を調べ、政治の奥底に蠢《うごめ》く〝闇〟を暴き出し、その過程で紀州徳川家の当主・吉宗《よしむね》と知り合う。シリーズは第八巻『流転の果て』で、幕府の財政再建に意欲を燃やす吉宗が徳川八代将軍になり、聡四郎が想いを寄せる人入れ屋の娘・紅《あかね》が、吉宗の養女になって聡四郎と結婚するところで幕を下ろした。

これで聡四郎の活躍も見納めかと思っていたら、〈御広敷用人 大奥記録〉の第一巻『女の陥穽《かんせい》』で華麗なる復活を遂げた。幕政改革に着手した吉宗は、既得権を守ることに汲々としている徳川宗家の家臣を信頼しておらず、将軍への目通りを管理する御側御用取次《おそばごようとりつぎ》、将軍直属の隠密組織・伊賀者《いがもの》上席格《じようせきかく》御休息《おきゆうそく》御庭之者《おにわのもの》（通称・御庭番）という新たな組織を作り、紀州から連れてきた家臣を配した。そして、無役の旗本や退任した旗本が就く寄合席になっていた聡四郎は、吉宗の命で、大奥の人やものの出入りを管理し、大奥で暮らす御台所、若君、姫君の用人も務める御広敷用人となる。独身の吉宗は、大奥にいる時の世話を聡四郎に任せたのである。

　大奥ものといえば、将軍の寵愛を競う女たちがドロドロした愛憎劇を繰り広げる物語を思い浮かべる方も多いのではないだろうか。

　確かに大奥は、将軍のプライベート空間で、正室、側室が将軍の子を産み、徳川家を存続させるために存在した。ただ、女たちは現将軍の寵愛を集めたり、次期将軍の生母になったりすれば、死ぬまで楽な生活が約束されるという理由だけで争っていたのではない。正室や側室には、娘を将軍の御手つきにして栄達したいと考える実家、贈答品を送って出世の糸口を掴もうとしている大名や旗本の思惑もからんでいるので、女の争いは表の政治ともリンクしていたのである。

　また大奥には、武家出身の女（というのはタテマエで、実際は武家の養子になった裕福な町人の娘も多かったとされる）が、正室、側室を支える女中として働いていた。奥女中は、現代でいえば莫大な予算を持ち、幕政を左右する力を持つ巨大な官僚機構で、運と能力に恵まれ、厳しい競争を勝ち抜けば、末端から大奥の最高権力者で老中と同格の御年寄《おとしより》に上り詰めることも夢ではなかったのだ（実際には、御年寄の上に上臈《じょうろう》御年寄があるが、これは名誉職だった）。

さらに御広敷番の下には、大奥を警固する御広敷伊賀者が配されていた。彼らは、戦国時代に多くの武将を恐れさせた伊賀忍者の末裔《まつえい》である。

つまり大奥を舞台にすれば、将軍の寵愛を争う女たちの戦い、正室、側室の実家や、エリートの奥女中が表の政治に介入しようとする政治ドラマ、太平の世にあって武の鍛錬を怠らなかった御広敷伊賀者の暗躍など、エンターテイメント時代小説に不可欠のエッセンスをすべて盛り込むことができるのだ。

大奥の知られざる一面を掘り起こした斬新な〈御広敷用人　大奥記録〉は、これまでも珍しい役職に就いた主人公が、実際に起こった事件の裏側にある陰謀に挑む伝奇小説の名作を世に送り出してきた上田秀人にしか書けなかった作品といえる。

吉宗が放漫財政の元凶となっている大奥の改革に着手した途端、長年にわたって対立していた天英院《てんえいいん》（六代将軍家宣の正室）と月光院《げっこういん》（六代将軍家宣の側室にして、七代将軍家継《いえつぐ》の生母）が手を結ぶ。実家が五摂家筆頭の近衛《このえ》家の天英院は、吉宗を追い落とすため朝廷の権威までも利用しようとする。天英院に味方するのが、御庭番に役職を奪われた恨みを持つ御広敷伊賀者。公家までを巻き込んで進められる天英院派の壮大な陰謀、凄腕の伊賀者・藤川義右衛門《ふじかわぎえもん》とその配下の忍びとの過酷な戦いに聡四郎も苦戦を強いられ、〈御広敷用人 大奥記録〉シリーズは既に十一巻を数えた。いまや聡四郎は、〈勘定吟味役異聞〉から数えると、著者が生み出したヒーローの中で最も多くの巻数に登場するキャラクターになったのである。

金と欲が渦巻く物語にあって、一服の清涼剤になっているのが、吉宗と竹姫《たけひめ》の純愛である。数奇な人生を歩む竹姫は、実在の女性。公家の清閑寺熙定《せいかんじひろさだ》の娘で五代将軍綱吉《つなよし》の養女になるも、結婚前に二人の婚約者が亡くなり大奥でひっそり暮らしていたところ、吉宗の目に留まったという作中の記述は史実である。吉宗は、聡四郎を竹姫付きの用人にするが、まだ幼く正式に継室《けいしつ》と宣言できない竹姫には、十分な警固が付けられない。日本の最高権力者でありながら愛する女を守れないと嘆く吉宗と、そんな吉宗の心情を察しどうすれば役に立てるか考える竹姫の関係は、会えそうで会えない恋愛小説の王道といえる。それだけに二人がどうなるかヤキモキしている読者も多いと思うが、せつない恋愛が描けるのも、身分制度が厳格で、将軍さえも自由恋愛が許されなかった江戸を舞台にしているからなのである。

吉宗の大奥改革に抵抗する天英院派は、吉宗が側室との間にもうけた一子・長福丸に毒を盛り、吉宗の失脚を目論むが、その野望の完遂は、聡四郎たちに阻まれ、天英院は大奥に幽閉され、義右衛門は伊賀者の職を捨て暗黒街に身を潜めた。〈御広敷用人 大奥記録〉の完結編となる第十二巻の本書『覚悟の紅《べに》』は、天英院が策略を使って実家の近衛家に手紙を送り、京の暗黒街を仕切る利助《りすけ》の娘婿になった義右衛門は、品川を義父に譲ったのを皮切りに、吉宗暗殺の地歩を固めるため江戸の暗黒街を切り取り始める。吉宗と聡四郎の敵の、最後にして最大、何より決死の覚悟の戦いぶりは、掉尾を飾るに相応《ふさわ》しい迫力といえる。

〈御広敷用人 大奥記録〉のテーマは、改革とは何か、著者のほかのシリーズとも共通する家の継承の問題、そして組織と個人の関係はどのようにあるべきかだと考えているが、完結編の本書は、このテーマが極限まで深められている。

現代の日本は、国が多額の借金を抱え、財政破綻を避けるため何度も増税を行っている。国は国民に負担を強いる代わりに、国会議員の定数削減や行政のスリム化を約束したが、これはいまだ果たされていない。政権が代われば、強いリーダーが出れば国の改革は進むかも、という期待もあったが、その両方が実現してもまったく日本が変わらなかったことで、今では怒りよりも絶望が広がっている。

著者は、徳川の歴代将軍の中でもトップダウンの強権で政治を行った吉宗を主人公に、財政再建の手始めとなった大奥改革を描いたが、改革の遅れに鬱憤を溜めている現代人が痛快に思えるような展開は少ない。吉宗の改革に対し、既得権を奪われる大奥の女たちは当然ながら抵抗する。これは全員を首にすれば解決するように思えるが、解雇するならば首にした人間のその後の生活を考えなければならないし、その部署の事情が分かる人間がいなくなれば業務が滞るので全員を放逐するのは現実的ではない。抵抗勢力は、こうしたトップの弱みを把握しているので、様々な交換条件を出して身を守り、これが改革を遅らせるのである。本書でいえば、大奥宇治《じ》の間《ま》を守る女番衆《めばんしゅう》のしたたかな抵抗など、その典型といえる。

著者は、将軍が絶大な権力を握っていた江戸時代も、党、議会への根回しが必要な現代も、改革を阻む構造が似ていることを示し、この〝壁〟を突破するには何が必要なのかを明らかにしようとしている。吉宗は、長年の澱《おり》が溜まった体制の改革は一代で完成するものではなく、息子、孫の代にまでわたる不断の努力が必要だと語る。何より若い頃に庶民と過ごした経験がある吉宗は、数で優る庶民の思いこそが改革実現のパワーになると信じている。ここには、改革が進まないといって諦《あきら》めるのではなく、いつか改革が成功すると信じて為政者にプレッシャーをかけなければ、この国の形は変わらないというメッセージがあるように思えた。

そして、改革を始めた自分の意思を息子の長福丸に継いで欲しいとの願いは、家の継承というもう一つのテーマと繋がっていく。幕府の将来を憂え、血で血を洗う政争に勝利して将軍になり改革を進めた吉宗だが、それ故に、長福丸は毒を盛られ一命をとりとめるも重い障害が残った。ショックを受けた吉宗は、自分が長福丸を不幸にしたと考え、今後、息子とどのように接するべきか迷う。現代では親の跡を継ぐ子供は少なくなったが、特に事業をしていれば子供に跡を継いで欲しいと思う親は多いだろうし、それ以外の家庭でも、子供に幸せになってもらおうと習いごとなどをさせることは珍しくない。ただ親の期待が、子供にとって重荷になるケースもある。吉宗の苦悩は、子供が真っ当な人間に育ち、よりよい将来を送るために、親はどこまで介入し、どこまで子供の自主性に任せるのかを問い掛けているので、子育て中の親は共感が大きいはずだ。

聡四郎は、アクは強いが改革の意思は本物で、竹姫や長福丸のことになると人情派の顔も見せる吉宗に仕えているが、これは〈勘定吟味役異聞〉シリーズからの因縁があるからで、決して主君のために命を投げ出すような〝忠臣〟ではない。それどころか、紅との団欒《だんらん》の時間に使者を寄越すほど人使いが荒い吉宗に、不満を抱いている面もある。組織からも、その頂点にいる人物からも一定の距離を置いている聡四郎は、吉宗の判断が誤っていると感じたら厳しい言葉で諫めることがある。聡四郎の冷静かつ客観的な態度は、江戸も現代も変わらず同調圧力が強い日本の組織にあって、不法な命令を受けたり、上司が暴走したりした時に、個人として何をすべきかのヒントを与えてくれるのである。

読者が身につまされる要素や、立ち止まって考える場面がこれまでのシリーズより多い本書は、中盤以降、大団円に向けて加速する。感動のラストは実際に読んで確認してもらうとして、危機が迫るとあたふたしたり、優柔不断になったりする男たちと、ひとたび腹をくくると並外れたパワーを出す女たちの対比が鮮やかなクライマックスは、大奥を舞台にした〈御広敷用人　大奥記録〉らしい展開になっていることだけは指摘しておきたい。

御広敷用人としての聡四郎の役目は終わったが、まだ吉宗の改革は端緒についたばかりである。また吉宗に新たな任務を与えられた聡四郎が復活し、幕政改革を支えていくのか？　まったく新しい活躍の場が与えられるのか？　それとも吉宗の遺志を受け継いだ次世代の物語になるのか？　著者が、聡四郎と仲間たちの今後をどのように描くのか、あれこれ想像しながら楽しみに待ちたい。

光文社文庫

文庫書下ろし／長編時代小説

覚《かく》悟《ご》の紅《べに》　御《お》広《ひろ》敷《しき》用《よう》人《にん》 大《おお》奥《おく》記《き》録《ろく》(十二)

著　者　　上《うえ》　田《だ》　秀《ひで》　人《と》

2017年7月20日　初版1刷発行
2022年3月20日　　　4刷発行

発行者　鈴　木　広　和
印　刷　萩　原　印　刷
製　本　ナショナル製本

発行所　株式会社　光　文　社
〒112-8011　東京都文京区音羽1-16-6
電話（03）5395-8149　編　集　部
8116　書籍販売部
8125　業　務　部

ISBN978-4-334-77491-2　Printed in Japan

組版　萩原印刷

KOBUNSHA